Dallas L. Barnes
Tanz in die Freiheit

Dallas
L. Barnes

Tanz in die Freiheit

Brunnen-Verlag · Basel und Gießen

ABCteam

ABCteam-Bücher erscheinen in folgenden Verlagen:
Aussaat- und Schriftenmissions-Verlag Neukirchen-Vluyn
R. Brockhaus Verlag Wuppertal
Brunnen-Verlag Basel, Gießen (und Brunnquell Verlag)
Christliche Verlagsanstalt Konstanz
(und Friedrich Bahn Verlag / Sonnenweg Verlag)
Christliches Verlagshaus Stuttgart
(und Evangelischer Missionsverlag)
Oncken Verlag Wuppertal

Titel der amerikanischen Originalausgabe:
„Freedom Dance"
erschienen bei Here's Life Publishers, Inc.,
San Bernardino, USA

Übersetzung: Anneve Dätwyler
Lektorat: Barbara Trebing, Gerd Stenger

Umschlag: Klaus Harald Wever
Herstellung: Clausen & Bosse, Leck

ISBN 3-7655-2409-3

Für den tapferen Mann,
der dieses Buch nie lesen wird,
den Freund,
der in die UdSSR zurückkehrte

Die Ereignisse, von denen hier berichtet wird, beruhen zum großen Teil auf wahren Begebenheiten. Auch die Namen sind zum Teil authentisch, während einige geändert wurden, um die Privatsphäre und in manchen Fällen sogar das Leben der Betroffenen zu schützen. Andere Namen und Einzelheiten sind frei erfunden.

Inhalt

1

Die Russen kommen

Die warme Septembersonne stieg am Himmel auf und sandte ihre Strahlen durch den Morgennebel, der noch über Los Angeles hing wie die Rauchschwaden über einem Aschenbecher. Der scheinbar endlose Strom von Autos, der das weitverzweigte Straßennetz an den Rand des Fassungsvermögens brachte, kam im Stoßverkehr fast völlig zum Erliegen. Cessnas und Helikopter surrten in der Luft herum und schickten ein Durcheinander von widersprüchlichen Meldungen über die Verkehrslage in den Äther, wobei die Späße zwischen den Moderatoren in den Radiostudios und ihren Funkpartnern über der Stadt den Berichten eine heitere Note gaben.

Im Tal war die Temperatur, nachdem man im Stadtzentrum in der Nacht 20 Grad gemessen hatte, auf 23 Grad angestiegen. Der Strand, der sich entlang der Küste von San Clemente bis nach Malibu wand, hatte bereits die ersten Sonnenanbeter angezogen. Zwar waren es schon etwas weniger geworden, denn das offizielle Sommerende am Labor Day mit dem Schuljahresbeginn hatte viele der muskulösen Burschen wieder in die Colleges verbannt, aber die ewig junge Schickeria Kaliforniens war noch da. Die meisten sahen aus wie Modepuppen, kamen in Porsches und legten sich mit ihren gebräunten, eingeölten, glänzenden, faltenfreien Körpern in den warmen Sand.

Am Barham-Boulevard hatten die Angestellten der Warner Studios schon fast die Hälfte ihres Arbeitstages hinter sich, denn seit der Morgendämmerung drehten sie Aufnahmen für neue Spielfilme. Nur wenige Kilometer entfernt war man im gigantischen Universal Studio mit der Produktion von sechs Fernsehserien beschäftigt.

Im Einkaufsviertel brachten Kolonnen von Lastwagen tonnenweise frisches Gemüse und Zitrusfrüchte zum Markt, wo die Luft vom süßen Geruch reifer Orangen gesättigt war. Eine Reihe von Supertankern lag im Hafen von San Pedro, und jeder wartete, bis er sein dickflüssiges, schwarzes Rohöl in die Raffinerien pumpen konnte, die verstreut um die Southbay standen.

Entlang dem Wilshire-Boulevard summten die Telefonlinien von all den Stimmen und elektronischen Computercodes, die sie zu den Wertpapiermärkten im Osten übertragen mußten. In Hollywood arbeitete ein Heer von Agenten an allerlei Verträgen, während ein Greyhoundbus nach dem andern weitere Möchtegern-Filmsternchen an der Busstation Los-Angeles-Street ablud.

In der Jet-Set-Stadt Los Angeles hatte soeben ein neuer Tag begonnen. Und in dieser Stadt mit all dem Asphalt, den Palmen, den Sportwagen und dem kapitalistischen Prunk befanden sich einhundertsiebenundsechzig Bürger der Union der Sozialistischen Sowjetrepubliken. Russen.

Diese Russen – sie verteilten sich über die drei obersten Stockwerke des University-Hilton-Hotels am West-Jefferson-Boulevard im Süden von Los Angeles – waren jedoch keine typischen Sowjetbürger; denn die reisen nicht ins Ausland. Einhundertfünfundzwanzig dieser Russen waren der Stolz ihres Vaterlandes. Der weltweiten Öffentlichkeit wurden sie als die Creme der sowjetischen Gesellschaft präsentiert. Sie waren die Supermänner und -frauen Rußlands – überragende, sorgfältig ausgewählte, hochtrainierte, einwandfrei vorbereitete Mitglieder des weltberühmten Bolschoi-Balletts.

In der Sowjetunion lebten sie wie Aristokraten. Viele von ihnen besaßen Wohnungen im Zentrum Moskaus, Privatwagen, westliche Kleider und genossen Privilegien, von denen der Durchschnittsrusse nicht zu träumen wagte. Weit über die Grenzen ihres riesigen Heimatlandes hinaus verbanden sich legendäre Vorstellungen mit den Mitgliedern der Bolschoi-Gruppe. Sie waren bekannt für ihre Hingabe, ihre Disziplin und vielleicht am meisten für ihre vollendete Meisterschaft. Das Bolschoi bildete für die Welt des klassischen Balletts den Maßstab, der für alle anderen galt. Die Mächtigen des Kreml und der Regierung identifizierten sich gern mit dem Bolschoi. War die Qualität des Bolschoiballetts nicht ein Spiegelbild der sowjetischen Weltanschauung? Bewies das nicht auch die Tatsache, daß viele der Tänzer und Tänzerinnen, Trainer und Manager Mitglieder der kommunistischen Partei waren? Der Kreml war überzeugt davon und hatte deshalb das Bolschoi-Ensemble, das es sich in der gelockerten Atmosphäre der politischen Entspannung gutgehen ließ, für eine dreimonatige Tournee in die Vereinigten Staaten geschickt.

Die öffentlichkeitsbewußten Russen hatten für diese Tournee drei große Städte ausgewählt: New York, Chicago und Los Angeles.

Für Freitag, den 14. September 1979, waren noch drei Vorstellungen im Los-Angeles-Shrine-Auditorium geplant. Die Schlußvorstellung sollte dann am Sonntag abend stattfinden. Juri Grigorowitsch, der künstlerische Leiter der Gruppe, hatte als krönenden Abschluß der dreimonatigen Tournee den „Schwanensee" vorgesehen. Er war überzeugt, daß der Applaus in der Welt des Balletts nachhallen würde, bis das Bolschoi wiederkäme. Juri Grigorowitsch kam damit der Wahrheit näher, als er zu hoffen wagte. Diese letzte Vorstellung in Los Angeles würde in der Ballettwelt tatsächlich unvergessen bleiben – und auch im Kreml.

Nach der Vorführung würde es fraglich sein, ob die Gruppe je wieder in die Vereinigten Staaten reisen würde. Kaum ein Zweifel würde jedoch darüber bestehen, daß Juri Grigorowitsch nie mehr in die USA reisen und daß dieser Abend für zwei junge Russen das bittersüße Ende ihres alten und der Beginn eines neuen Lebens bedeuten würde. Grigorowitsch war jedoch nicht der einzige, der schon bald den Zornesausbruch aus dem Innersten des Kremls zu spüren bekommen sollte. Auch Wladmir Markoff war einer dieser Unglückseligen.

Auf der Liste der Bolschoimitglieder stand hinter dem Namen Markoff: „Direktor für Transport und Reisen". Die Akten, die das Hauptquartier der CIA in Langley, Virginia, über Sowjetagenten führte, offenbarten aber, daß er viel mehr war als das. Der Direktor für Transport und Reisen war in Wirklichkeit *Major* Wladimir Markoff, zweiundvierzig Jahre alt und Mitglied des Komitet Gosudarstwennoj Besopasnosti, im Westen besser bekannt als KGB.

Major Markoff, ein gutaussehender, gepflegter, dunkelhaariger Mann, war für die Sicherheit der Ballettgruppe verantwortlich. Ihm unterstanden auf dieser Reise zweiundvierzig sorgfältig ausgewählte KGB-Agenten. Das KGB sorgte nicht nur für die Überwachung der Tänzer, sondern kümmerte sich auch um die fanatischen Ballettanhänger – normalerweise ältere Frauen, die in Scharen in jede Vorstellung strömten – und versuchte, sie zu Sowjetsymphatisanten zu machen. Zu seiner Aufgabe gehörten ebenfalls verschiedene geheime Aufklärungseinsätze in und um die Verteidigungsanlagen und Militärstützpunkte der drei Städte, in denen das Ensemble gastierte. Los Angeles war für das KGB in beiderlei Hinsicht besonders interessant gewesen. Die vergangenen drei Wochen waren für den Major zwar arbeitsreich gewesen, aber sie hatten sich gelohnt. Er war zuversichtlich, daß die oberste Führung mit seiner Leistung zufrieden sein würde.

Der Major saß an einem kleinen, ovalen Tisch in seinem Zimmer im neunten Stockwerk und schrieb einen scheinbar harmlosen Brief an seine Frau und die Kinder in Moskau – nur war er gar nicht verheiratet. In den weitschweifigen Text waren Anweisungen an einen KGB-Maulwurf eingebaut, der seit mehr als zehn Jahren im südlichen Kalifornien stationiert war. Selbst Markoff wußte von diesem Mann nicht mehr als seinen Codenamen: „Der Schatten". Noch im Laufe des Nachmittags würde ein Leutnant Markoffs den Brief in einem toten Briefkasten deponieren. Der Major las das Geschriebene noch einmal sorgfältig durch und ging in Gedanken ein letztes Mal den Übergabeplan durch. Er wollte sicher sein, daß er nichts übersehen hatte, was ihm zum Verhängnis werden könnte. Markoff konnte sich in den USA nie völlig entspannen. Er wußte, daß er genauso wie die anderen Ballettmitglieder seit dem Moment, in dem ihr Aeroflot-Flugzeug vor beinahe drei Monaten in das Gebiet der westlichen Lufthoheit gekommen war, unter der ständigen Überwachung von FBI und CIA stand. Er machte sich keine Illusionen darüber, daß auch sein Titel, „Direktor für Transport und Reisen", nur wenig nützte; FBI wie CIA kannten sein Gesicht und seine Fingerabdrücke. Doch solange er sich nicht bei offensichtlicher Spionage oder der Zusammenarbeit mit einem anderen Agenten ertappen ließ, würde sein Besuch in den USA höchstwahrscheinlich ohne Zwischenfälle verlaufen. Das FBI versprach sich von einer Überwachung mehr als von einer Konfrontation, weil es dadurch mehr erfahren konnte, und das wußte er. Es war ihm auch bekannt, daß das FBI ausländische Agenten nicht folterte oder sie mit Drogen bearbeitete. Und doch lief es ihm beim Gedanken, mehrere Jahre in einem amerikanischen Gefängnis verbringen zu müssen, kalt den Rücken hinunter. Selbst wenn eine Verhaftung keine anderen Folgen hätte als seine Ausweisung, wäre das schlimm genug für seine Karriere, denn dann würde man ihn nie wieder mit einem Auftrag in die USA schicken.

Der Major beendete gerade seinen Brief, als es an der Tür klopfte. Instinktiv spannten sich seine Nerven an. Er warf einen Blick auf den Brief und überlegte eine Sekunde lang, ob er ihn vernichten solle. Doch dann wäre die Arbeit einer ganzen Stunde umsonst gewesen.

Es klopfte ein zweites Mal. „Wer ist da?" fragte Markoff laut. Sein tadelloses Englisch ließ nicht die geringste Spur eines Akzents erkennen.

„Genosse Dneprowsky", antwortete eine schwerfällige Stimme auf russisch.

„Igor, Sie Idiot!" rief Markoff, schob den Brief unter eine Aktenmappe auf dem Tisch und ging zur Tür. Er hatte sie mit dem Nachtschloß verriegelt und die Sicherheitskette eingehängt. So hätte er, falls nötig, wertvolle Sekunden gewonnen. Er öffnete, und vor ihm stand KGB-Agent Igor Dneprowsky, ein breitschultriger Mann mit weit auseinanderliegenden Augen und flacher Stirn.

„Entschuldigen Sie, Genosse Major", sagte Igor auf russisch.

Major Markoff schob sich an Dneprowsky vorbei, um den mit Teppich ausgelegten Flur schnell in beide Richtungen zu kontrollieren. Er war leer und alles ruhig. Der Major packte Dneprowsky am Arm, zog ihn ins Zimmer und schloß die Tür.

„Igor", knurrte Markoff und wandte sich dabei dem Koloß von Agenten zu, „wenn Ihr Vater nicht General in der Sowjetarmee wäre, würden Sie jetzt die Straßen kehren."

„Major, ich...", stammelte Dneprowsky auf russisch, doch Markoff unterbrach ihn.

„Auf englisch!" fuhr er ihn an. „In Amerika reden wir Englisch. Es muß nicht gleich die ganze Welt wissen, daß wir Russen sind. Verstanden?"

„Da", nickte Dneprowsky.

„Wie bitte?" fragte Markoff und starrte an dem Agenten hinauf, der mindestens zehn Zentimeter größer war als er.

„Ah ja... yeah“, antwortete Dneprowsky.

„Nun, was gibt's?“ fragte Markoff und ging zu seinem Tisch am Fenster zurück, wo er seine Zigarettenschachtel nahm und eine Zigarette herausschüttelte.

„Äh“, begann Dneprowsky und mühte sich dabei unbeholfen mit den englischen Wörtern ab, „Genosse Pronnikow berichtet, daß... ab 10 Uhr morgens...“

„Wer?“ unterbrach ihn Markoff scharf und hielt beim Anzünden der Zigarette inne. Markoff hatte seinen Männern strikte Anweisung gegeben, auf fremdem Boden nie die wahren Namen von anderen Agenten zu nennen. Er wußte, daß sowohl die CIA als auch das FBI im ganzen Hotel Abhörgeräte versteckt hatten und daß die harmlos aussehenden Lieferwagen, die rund um das Hotel geparkt waren, das Gebäude ständig mit Schall- und Mikrowellen bombardierten.

Dneprowsky nickte und blinzelte resigniert. Er stand steif und mit hängenden Schultern da und sah dabei aus wie ein zu groß gewachsener Junge im Büro des Direktors. „Tut mir leid“, entschuldigte er sich auf englisch. „Unser Freund draußen hat heute morgen sechs PKWs und zwei Lieferwagen gezählt.“

Markoff wußte, Dneprowsky sprach von den Beobachtungswagen des FBI, und er war sich auch bewußt, daß das FBI wahrscheinlich absichtlich Wagen hinstellte, die sie leicht ausfindig machen konnten, damit andere unentdeckt blieben. Moskau hatte bereits bestätigt, daß zwei der Laufburschen und das Zimmermädchen FBI-Agenten waren. Markoff fand die Tatsache, daß ihm das FBI das Bett machte, sehr amüsant. Es war ein Spiel, doch ein todernstes. „Konnte Ihr Freund die Nummern notieren?“

„Bestimmt“, antwortete Dneprowsky.

„Vielleicht sind sie hier, weil die Jüdische Liga eine weitere Demonstration plant.“ Markoff blies im Reden Zigarettenrauch aus. Diese Vermutung war mehr für das FBI bestimmt als für Dneprowsky.

„Es scheint hier in Los Angeles viele Juden zu geben“, stimmte Dneprowsky bei.

„Es ist das Wetter“, meinte Markoff, während er durch eine Lücke zwischen den Vorhängen auf den betriebsamen Jefferson-Boulevard hinuntersah.

„Mögen Juden denn Smog?“ fragte Dneprowsky mit seinem holperigen Englisch ernsthaft zurück.

Major Markoff sah zu dem großgewachsenen Mann hin und lächelte. Dneprowsky verstand nicht, was der Major dabei so lustig fand.

„Es ist nicht der Smog“, erklärte Markoff geduldig. „Es ist wegen den trockenen, baumlosen Hügeln, den Felsen, dem trockenen Klima, der warmen Sonne. Die Gegend hier gleicht vielen Teilen Israels.“

„Gibt es in Israel auch Smog?“ fragte Dneprowsky weiter.

Markoff betrachtete den Mann einen Moment lang. Er war erstaunt, wie humorlos und schwer von Begriff Dneprowsky war. Er unternahm keinen Versuch mehr, sich mit ihm zu unterhalten. „Grigorowitsch hat für ein Uhr eine Probe angesetzt“, bemerkte Markoff. „Sehen Sie zu, daß die Tänzer genügend Begleiter haben. Danach geben wir denen, die heute abend nicht tanzen, drei Stunden frei.“

„Drei Stunden. Gut, ich kümmere mich darum.“

„Vergessen Sie nicht, jeder Gruppe einen unserer Führer mitzugeben“, warnte Markoff. „Wir wollen doch nicht, daß jemand in dieser großen Stadt verlorengeht, nicht wahr?“

„Bestimmt nicht“, pflichtete ihm Dneprowsky bei.

„Und teilen Sie Genosse Koslow mit, daß ich ihn noch vor der Probe sprechen möchte“, befahl Major Markoff weiter. Vielleicht sprach er mit dem jungen Agenten nun etwas unwirsch, doch war das beim Ernst der Sache ja verständlich. Er wußte, daß es seine Aufgabe war, einen ruhigen Verlauf der letzten zwei Tage auf amerikanischem Boden zu gewährleisten.

Ungefähr eine Häuserreihe vom Hotel entfernt rückte ein FBI-Agent mit Halbglatze in einem älteren, blauen Lieferwagen mit dem gelben Aufdruck „Straßendienst der Stadt Los Angeles“ seinen Kopfhörer zurecht und drehte an einem Regler der Verstärkeranlage. „Sieh mal nach, ob wir irgendwelche Angaben über einen Koslow haben“, sagte er zu seinem jüngeren Kollegen, der sich gerade den Rest eines Pfannkuchens in den Mund stopfte.

„Koslow“, wiederholte der junge FBI-Agent, während er sich in dem engen Lieferwagen an eine Computertastatur setzte. Die Plastiktasten klapperten, als er den Namen eintippte. Sobald er „Eingabe“ drückte, wandten beide Agenten ihre Aufmerksamkeit dem kleinen Bildschirm zu. Mit einem elektronischen „Piep“ spie der Computer in gedämpft grünen Buchstaben die Information aus:

KOSLOW, LEONID, BES. KENNZ. KEINE
M / WEISS, EUROPÄER SCHWARZ BRAUN
1,85 m 79 GEB. 19.07.47
STAATSANG. SOWJET. AUSGEST. 179LS7KL
BERUF ERSTER SOLOTÄNZER BOLSCHOI BALLETT

POLIT. STAT.	HOH. FUNKTIONÄR – BOLSCHOI-EINHEIT DES BUNDES JUNGER KOMMUNISTEN PROLETARIER
ZIVILST.	VERH. KOSLOWA VALENTINA
EINREISE USA	23.07.79 NYC AEROFLOT
PRIORIT. 5	KEINE/ FBI-K1971947
TICKET	87 TAGE/ VERM. ABR. 17.09.79
GEGENW. WS.	UNIVERSITY HILTON 3540 S. FIGUEROA L.A. CA. USA 11:29 PST 14.09.79

ENDE

Der junge FBI-Agent studierte die Daten auf dem Bildschirm. „Sieht aus, als ob unser Freund Leonid einer der politischen Schwergewichtler der Truppe wäre.“

„Eine Art Zugpferd für die Partei, was?“ vermutete der ältere Agent.

„Weißt du eigentlich, was man in Rußland sagt?“ fragte sein jüngerer Kollege grinsend. „Die Party ist nie wirklich vorbei.“

„Ich bin aber froh, wenn die Party am Montag ein Ende nimmt und dieser Haufen von Bolschoi-Ballerinas auf dem Heimweg ins Vaterland ist.“

„Nur noch zwei Tage, Kollege."

Die Mitteilung, Wladimir Markoff aufzusuchen, lag bereits auf Leonids Schreibtisch, als er mit Viktor Lasarew im Laufe des Morgens vom Jogging im nahen Exposition-Park zurückkam. Der schlanke Leonid war noch im Trainingsanzug, auf der Notiz stand jedoch „dringend". Alles, was das KGB tat, war dringend, und Leonid wußte, daß Wladimir Markoff zum KGB gehörte. Er wußte auch aus Erfahrung, was eine dringende Mitteilung bedeutete: Der Major wollte nicht warten.

Leichte Unterhaltungsmusik lief in dem Aufzug, mit dem Leonid ins neunte Stockwerk des University-Hilton hinauffuhr. Er warf einen Blick auf das Blatt in seiner Hand, er war ja allein. Markoff war also in Zimmer 914. Leonid lächelte. Gestern noch hatte der Major auf der achten und vorgestern auf der zehnten Etage gewohnt. Nur das KGB konnte in Amerika einen solchen Verfolgungswahn entwickeln, überlegte Leonid, während er an seinen morgendlichen Trainingslauf zurückdachte. Er hatte das Hotel zusammen mit Viktor Lasarew verlassen, dem zweiten künstlerischen Leiter und einzigen Menschen in der Gruppe, dem er – abgesehen von seiner Frau – wirklich vertraute. In der Figueroa-Street waren die zwei Russen, die beide nur sehr schlecht Englisch sprachen, nach Süden losgelaufen und hatten diese Richtung beinahe eine Stunde lang beibehalten. Leonid bemerkte bald, daß sie in eine ausschließlich von Schwarzen bewohnte Gegend gekommen waren. Er erkannte es nicht etwa daran, weil es wie in einem Getto ausgesehen hätte, sondern weil ihnen nur schwarze Gesichter begegneten. Er war erstaunt, daß die Schwarzen Wagen fuhren, die – das wußte er – zu den teuersten gehörten, daß sie ihre gepflegten Rasenflächen besprengten, freundlich mit den Nachbarn plauderten und ihre Hunde spazierenführten.

Als die beiden Russen in der Florence-Avenue bei einem Rotlicht in ihren verschwitzten Trainingsanzügen warteten, gesellte sich ein kräftiger, etwa dreißigjähriger Schwarzer in roten Shorts und mit blauem Schweißband um die glänzende Stirn hinzu. „He Leute, was gibt's?" grinste er sie mit seinen regelmäßigen, weißen Zähnen an.

„Was es gibt?“ fragte Leonid mit verdutztem Gesicht und seinem schweren, russischen Akzent zurück. Die Ampel wechselte auf Grün, und die Männer setzten sich wieder in Bewegung. Der Schwarze lief nun neben ihnen her.

„Ich glaube, das war so eine Redensart der Schwarzen in Amerika und nicht unbedingt eine echte Frage“, erklärte Viktor Lasarew Leonid auf russisch, während das Trio weiterlief.

Der schweißglänzende Schwarze warf den beiden einen argwöhnischen Blick zu, als er Lasarew Russisch sprechen hörte. Während er Seite an Seite mit den beiden weiterjoggte, meinte er: „He, ihr Spaßvögel seid aber nicht von der Feuerwehr an der Vernon-Avenue, oder?“

„Nein“, antwortete Viktor, so gut er es in Englisch konnte, „wir sind keine Feuerwehrleute.“

„Wer seid ihr dann?“ fragte der Schwarze lächelnd.

„Wir sind Bolschoi“, antwortete Leonid mit seinem Akzent.

„Eh?“ stieß der Schwarze verständnislos hervor und betrachtete die zwei im Laufen aus den Augenwinkeln. Sie näherten sich der nächsten Kreuzung. „Also dann, 'nen guten Tag euch beiden“, wünschte ihnen der Mann mit dem freundlichen schwarzen Gesicht. „Hier muß ich abbiegen. Zwei Häuserblocks vom Haus meiner Lady entfernt, wenn ihr versteht, was ich meine – macht's gut!“

„Was gibt's?“ gab Leonid zur Antwort, doch der Schwarze war bereits außer Hörweite.

Die beiden Russen drehten nach Westen ab und drei Straßen weiter nach Norden in die Hoover-Street. Leonid sog noch immer begierig die vielen Eindrücke in sich hinein, die ihm die schwarzen Viertel von Los Angeles boten. In Rußland hatte er gehört, daß die Schwarzen Amerikas am Rande der Sklaverei lebten, oftmals arbeitslos und verstrickt in tiefste Armut und Kriminalität. Sie seien an die ausbeutende, kapitalistische Gesellschaft gekettet und niemals wirklich frei. Doch seine Augen straften diese Lehren Lügen. Die Wohnungen und Einfamilienhäuser, die lachenden Kinder, die vielen Schulhöfe, Supermärkte und Läden: dies alles zeugte von etwas anderem – von Freiheit.

Dieser Eindruck von Freiheit ließ Leonids Puls noch schneller werden. Verbotene Gedanken schlichen sich in sein Bewußtsein: ...könnte nicht auch er frei werden? Wenn in Amerika die Schwarzen, die doch arm waren, so leben konnten, ging es ihnen ja besser als den wohlhabenden Weißen in Rußland! Hier schienen die Menschen glücklich zu sein. In Rußland war das anders, dachte Leonid. Wenn man dort lachte, mußte man meistens erklären weshalb. Doch hier war jeder frei, zu lachen und zu leben, wo und wie er wollte. Schuldgefühle ließen Leonid erröten, und er wies diese Gedanken schnell von sich, während er weiterlief.

In der Kirche zum Heiligen Herzen in der Vernon-Avenue hatte soeben die Morgenmesse geendet. Die Gottesdienstbesucher strömten auf die Straße, als die beiden Russen vorbeiliefen. Leonid bemerkte, daß die Menschen, die aus der Kirche kamen, überhaupt nicht verschüchtert oder ängstlich wirkten. Einige wagten sogar, noch herumzustehen und zu plaudern. Ein Priester stand am Ausgang, reichte den Gottesdienstbesuchern zum Abschied die Hand und wechselte mit ihnen noch ein paar Worte, als Leonid plötzlich ein schwarz-weißes Polizeiauto näherkommen sah. Unwillkürlich versteiften sich seine Bauchmuskeln. Er hatte Russen gesehen, die bei einer Kirche in Moskau herumzustehen wagten. Sie wurden von der Polizei geschlagen und abgeführt. Nun würde er die Hoffnung, daß es in Amerika anders war, aufgeben müssen. Doch überrascht beobachtete er jetzt, wie der Priester auf der Kirchentreppe den uniformierten Beamten im Streifenwagen zuwinkte. Gespannt sah er zu den Beamten hin, aber die grüßten nur lächelnd zurück. Leonid lief still weiter. In seinem Innern aber jubelte es.

Nachdem sie sechs Blöcke weitergelaufen waren, warf Leonid schnell einen Blick hinüber zu Viktor und bemerkte hastig atmend: „Hier ist es schön!"

Erst nachdem sie schweigend eine Straße weiter waren, antwortete Viktor: „Es wäre wahrscheinlich schön, hier zu leben."

Das war eine gewagte Bemerkung, und Leonid wußte, daß auch Viktor träumte. Wortlos liefen sie zum Hotel zurück.

Die Glocke im Aufzug läutete, als Leonid im neunten Stock angelangt war, und riß ihn aus seinen Gedanken in die Wirklichkeit zurück. Die Tür öffnete sich, und er verließ den Fahrstuhl.

„Herein!" rief Major Markoff als Antwort auf Leonids Klopfen.

Leonid öffnete die Tür und trat ein. Der Major saß am Tisch in der Nähe des Fensters, las die „Los Angeles Times" und trank eine Tasse Kaffee.

„Guten Morgen, Wladimir!" grüßte er den Major und bemerkte, daß der Fernseher lief. Die Titelmelodie des Films M.A.S.H. ertönte, während eine Gruppe von Soldaten zu einem Hubschrauber stürmte, der eben zu einer Landung in der Wüste ansetzte. Leonid schloß daraus, daß es sich um irgendeinen Dokumentarfilm über das amerikanische Militär handeln mußte und der Major ihn deshalb anschaute. In Wirklichkeit hatte Markoff das Fernsehgerät eingeschaltet, um die Geräusche und Stimmen im Zimmer zu übertönen, denn er wußte genau, daß das FBI ihn abhörte. Der Fernseher konnte das FBI nicht wirklich am Mithören hindern, erschwerte aber deren Arbeit ein wenig. Deshalb fühlte sich Markoff verpflichtet, den Apparat laufen zu lassen.

„Leonid, mein Freund!" Markoff lächelte mit geübtem Charme. „Komm, setz' dich und trink eine Tasse Kaffee mit mir!"

Leonid ging zu dem Major hinüber ans Fenster. Sein Instinkt befahl ihm, diesen Mann zu fürchten, da er wußte, wieviel Macht Markoff besaß. Doch Markoff behandelte ihn immer freundschaftlich und schien es aufrichtig zu meinen. Seine Kenntnisse über das klassische Ballett waren beeindruckend, und er sprach immer sehr respektvoll von Leonids Leistungen. Leonid wußte nie, ob er sich bemühte, ein guter Freund zu sein oder ein guter Agent. Er hoffte, es war beides.

„Wenn es dir recht ist, stehe ich lieber, Wladimir", antwortete Leonid. „Ich bin völlig verschwitzt. Ich komme grade von meinem Trainingslauf zurück."

Markoff faltete die Zeitung zusammen und legte sie beiseite. „Ja, du und Viktor, nicht wahr?"

Leonid vermutete, daß er sie vom Fenster aus gesehen hatte, als sie das Hotel verließen, denn er hatte von dort eine gute Aussicht. „Viktor und ich laufen öfters zusammen", bestätigte Leonid.

„Ich wünschte, ich könnte mit euch kommen", meinte Markoff und musterte den großgewachsenen Leonid, „aber ich habe mir vor ein paar Jahren beim Fußballspielen das Knie verletzt. Dieser Metzger von einem Chirurgen hat es dann nur noch schlimmer gemacht."

„Das tut mir leid."

„Ach, so schlimm ist es auch wieder nicht, wenigstens nicht im Sommer. Im Winter allerdings –"

„Vielleicht solltest du dich hier in Amerika untersuchen lassen. Ich habe gehört, daß sie hier gute medizinische Einrichtungen haben", schlug Leonid vor.

Markoff lächelte amüsiert über diese Idee. „Ja, ein Bolschoi-Knie wäre vielleicht wichtig genug für so was... aber meines doch wohl nicht."

„Aber Grigorowitsch könnte dir wahrscheinlich einen guten Tip geben", fuhr Leonid fort. „Magda, Valentinas Freundin, hatte auch Probleme mit ihrem Knie, und er hat ihr dann in Moskau einen guten Arzt empfohlen."

„Vielleicht rede ich mal mit ihm", erwiderte Markoff und beendete das Thema, denn seine Gedanken waren bereits bei der täglichen Arbeit. „Gehst du heute nachmittag zur Probe?"

„Selbstverständlich", antwortete Leonid.

„Ich möchte, daß du dir ein paar Minuten Zeit nimmst, um mit der ganzen Gruppe über unsere letzten paar Tage hier im Westen zu reden. Wir sind nun fast drei Monate hier gewesen. Viele von uns haben sich kapitalistischen Putz angeschafft. Sie dachten, sie müßten mit den Wölfen heulen. Das ist ja auch normal. Der Westen hat eine starke und verführerische Anziehungskraft, aber auch eine tödliche Wirkung.

Du und dein Ensemble, ihr seid Tänzer, keine Diplomaten oder Soldaten, und darum seid ihr selten auf den Westen vorbereitet. Hier seid ihr vielen Versuchungen ausgesetzt. Es wird Zeit, daß wir uns wieder besinnen und die Haltung von wahren Sowjetbürgern einnehmen."

Der Major trommelte mit den Fingern auf der Tischplatte und fuhr dann fort: „Bei unserer Abreise am Montag und an der Schlußvorstellung am Sonntag abend werden viele Leute von der Presse da sein. Ich wäre sehr froh, wenn dann niemand von der Gruppe in Sasson-Jeans, Nikes oder Willie-Nelson-T-Shirts auftauchen würde."

„Ich werde dafür sorgen, daß sie sich wieder daran erinnern, wer sie sind: nämlich Bolschoi..." versicherte Leonid. Während er dies sagte, nahm er eine noch geradere Haltung ein und fügte dann hinzu: „...und daß sie hier die moderne sowjetische Bevölkerung vertreten."

„Ich hab's ja gewußt, ich kann mich auf dich verlassen", meinte

Markoff zufrieden und griff nach seiner Kaffeetasse. Er nahm einen Schluck und stellte sie auf den Tisch zurück. „Nach der Probe habt ihr drei Stunden frei." Er hielt etwas inne und fügte dann mit einem treuherzigen Lächeln hinzu: „Valentina und du, ihr könnt bis zehn Uhr ausbleiben."

„Vielen Dank für deine Aufmerksamkeit, Wladimir", antwortete Leonid.

„Also, eine gute Probe!" wünschte Markoff, und Leonid war entlassen.

Als er schon an der Tür war, bemerkte Markoff, als ob ihm das eben erst eingefallen wäre: „Äh, Leonid..."

Leonid blieb stehen und drehte sich nochmals um.

„Sei vorsichtig!" warnte ihm Markoff. „Dieser Schwarze, mit dem ihr heute morgen geredet habt, er könnte – und wahrscheinlich war er es auch – von der CIA gewesen sein."

Leonid schaffte ein scheues Nicken, während ihm die Röte ins Gesicht schoß. Das KGB hatte ihn die ganze Zeit über beobachtet! Doch wo waren die Leute, die dahintersteckten? Was wußten sie sonst noch? Kannten sie seine geheimen Gedanken? Wurde er verdächtigt? Er wußte, daß die Bemerkung des Majors eine Warnung war. „Ich werde vorsichtig sein, Wladimir", preßte Leonid trotz des Kloßes im Hals heraus. „Danke."

Major Markoff nickte und nahm wieder die Zeitung zur Hand. Leonid ging hinaus und schloß hinter sich die Tür.

Vierzehn Kilometer nördlich vom University-Hilton-Hotel, in dem die Russen wohnten, im Eagle-Rock-Viertel von Los Angeles, kletterte zur gleichen Zeit der bärtige George Rollins ins Führerhaus seines Kleinlastwagens und betete leise darum, daß die Batterie nicht schon wieder leer sein möge. Er ahnte noch nicht, daß sein alter Gemüselaster im Leben des Major Wladimir Markoff vom KGB eine entscheidende Rolle spielen würde. George drehte den Schlüssel herum. Der Motor stotterte, drehte langsam durch und heulte dann auf.

2

Eine zufällige Begegnung

Der Ford-Kleinlastwagen hatte bereits elf Jahre auf dem Buckel, als George Rollins ihn auf einem Autofriedhof im Osten von Los Angeles entdeckte. Das war vor drei Jahren gewesen. Jeder andere hätte den Wagen als Schrotthaufen bezeichnet. Für George hingegen war er eine Gebetserhörung. Die glanzlose Karosserie hatte zwar ein paar Beulen abbekommen, aber Lenkung und Getriebe waren noch intakt. Daß der Ford drei platte Reifen und einen Motordefekt hatte, machte es für George nur leichter, den Kaufpreis herunterzuhandeln. George war damals arbeitslos und hatte deshalb Mühe, das Auto zu bezahlen. Doch nach seinem fünften Besuch auf „De Silvas Autofriedhof" ging der kugelrunde Besitzer auf den Vorschlag ein, daß George die Monatsraten erst zahlen würde, wenn der Wagen wieder fahrtüchtig wäre.

Beim nächsten Besuch auf „De Silvas Autofriedhof" war es soweit: er konnte den Kleinlaster zu sich nach Hause abschleppen. Neun Tage lang werkelte George bis spät in die Nacht unter der Motorhaube seines Lastwagens, den er vor seinem bescheidenen Häuschen geparkt hatte, und nicht einmal der kalte Frühlingsregen konnte ihn davon abhalten.

An einem kühlen, trostlosen Sonntagmorgen wurde er mit seiner Arbeit fertig. Obwohl er die ganze Nacht durchgearbeitet hatte, fuhr er noch am selben Vormittag mit Frau und Töchterchen zur Kirche. Einige nicht gerade freundliche Blicke trafen den einzigen Lastwagen auf dem Parkplatz vor dem Gotteshaus, doch das konnte George nicht bekümmern. Er war überglücklich. Nun würde er endlich werden, was er sich schon immer gewünscht hatte: ein unabhängiger Geschäftsmann.

Dem zweiunddreißigjährigen George gingen Freiheit und Unabhängigkeit über alles. Er war ein gutaussehender Mann mit dunkelblonden, langen Haaren und Vollbart. Nach außen schien es, als sei die Zeit für ihn stehengeblieben, denn mit seinem roten Halstuch, dem Stirnband und den verwaschenen Jeans sah er aus wie ein Hippie aus den sechziger Jahren. Wenn ihn deswegen jemand kritisierte, gab er nur lächelnd zur Antwort: „Jesus hatte auch einen Bart. Was für ihn recht war, ist auch für mich gut."

Die letzten Jahre waren für George nicht leicht gewesen. Sein Drang nach Unabhängigkeit hatte ihm den Zugang zum traditionellen Arbeitsmarkt verwehrt, und obwohl er die Menschen, die morgens ihre Karte in die Stechuhr schieben und dann ihre acht Stunden arbeiten konnten, bewunderte, wußte er, daß das für ihn nichts wäre. George hatte die Beobachtung gemacht, daß die meisten lebten, um zu arbeiten. Aber er war anders. Er arbeitete, um zu leben. Das Leben selber war für ihn wichtiger als die Frage, wie er sich den Unterhalt verdienen könnte, und aus dieser unorthodoxen Auffassung heraus war in George Rollins der Gedanke herangereift, ein eigenes Geschäft zu gründen. Der elfjährige Lastwagen war dazu der Anfang.

Als George den Wagen kaufte, um sich nun selbständig zu machen, bezog er noch Arbeitslosenunterstützung. Er mußte aber bald feststellen, daß die sogenannte Arbeitsförderung des Arbeitsamtes nicht darauf aus war, unabhängige Unternehmungen zu fördern. Ganz im Gegenteil! Als George dem zuständigen Beamten stolz eröffnete, daß er die Absicht hätte, sich selbständig zu machen, wurden die Unterstützungszahlungen prompt gestrichen. George reagierte ungehalten: „Sie wollen damit sagen, daß ich nur Arbeitslosengeld beziehen kann, wenn ich herumsitze und deswegen keine Arbeit finde?"

„Während sechsundzwanzig Wochen und einer möglichen Verlängerung durch den Bund von zwölf Wochen", antwortete der Beamte.

„Man würde mir also achtunddreißig Wochen lang Unterstützung zahlen?"

„Ganz richtig."

„Aber wenn ich die Nase voll habe und versuche, selbständig zu arbeiten, streichen Sie mir die Zahlungen?"

„So sind die Vorschriften."

Was George fehlte, war das Betriebskapital. Es mangelte ihm weder an Ideen noch an Möglichkeiten, noch am Lastwagen, um sein Unternehmen zu beginnen, sondern ganz einfach am Geld. Aber es mangelte ihm auch nicht an Entschlossenheit.

Das war im Frühling 1976. Major Wladimir Markoff vom KGB hatte gerade ein Agentennetz in Beirut organisiert. Mehr als zehntausend Kilometer westlich, im Nordosten von Los Angeles, mähte George Rollins Rasen, schnitt Bäume und sammelte Aluminiumbüchsen. Noch vierzig Monate sollten vergehen, bis die beiden Männer sich treffen würden, doch Georges fester Entschluß, ein eigenes Geschäft aufzuziehen, hatte bereits die Weichen gestellt.

Nachdem George fünf Wochen lang an Türen geklopft, Rasen gemäht und wiederverwertbares Altmaterial gesammelt hatte, waren die dreihundert Dollar, die er als Startkapital für „Rollins' Gemüse- und Früchtestraßenverkauf" brauchte, beisammen. George füllte den leeren Benzintank seines Kleinlasters und fuhr zum Gemüsegroßmarkt im Stadtinnern. Nach dem morgendlichen Andrang bedeutender Kunden, den Einkäufern der großen Supermärkte, kamen dort am frühen Nachmittag die Einzelgänger, die kleinen Unternehmer, und kauften die aussortierten, abgelehnten, manchmal tagealten Reste. Die meisten Gemüsehändler auf dem Markt hielten sich an das Motto: „Verkaufe, was nicht verrotten soll." Sie hatten kein Interesse daran, ihre Produkte lange zu lagern. Deshalb verkauften sie, je länger und je welker die Salate dalagen, desto billiger. Auch George Rollins war hier unter den Käufern zu finden.

Georges alter Lastwagen rauchte und knatterte unter der hohen Ladung von Salat, Blumenkohl, Gurken, Tomaten, Kartoffeln, Paprika, Zwiebeln und verlockenden Äpfeln, Orangen und Melonen. Er fuhr auf der Autobahn in Richtung Norden durch den Cahuenga-Paß und gelangte in das weite Tal von San Fernando. Dort fuhr er auf der Suche nach einem geeigneten Platz durch die Straßen. Schließlich fand er eine Parklücke am Victory-Boulevard in der Nähe einer großen Kreuzung. Er parkte den Wagen sorgfältig, damit auch noch Kunden davor anhalten konnten, und zog die Handbremse an. Dann stieg er aus und stellte sein erstes, handgeschriebenes Plakat auf: „Ausverkauf wegen Geschäftsaufgabe".

George verkaufte an diesem Tag zum ersten Mal Waren auf der Straße. Doch kam er damit einem Traum näher, den er schon lange gehegt hatte, dem Traum von einem eigenen Laden. Er war wirklich dabei, sein jetziges Geschäft, den Straßenverkauf, aufzugeben.

George war gerade in der Hauptverkehrszeit angekommen, und kaum hatte er den Wagen geparkt, hielt schon ein Autofahrer, um sich etwas zu holen. George stellte bald fest, daß es den Amerikanern einfach schwerfiel, an einem Früchte- oder Gemüsestand vorbeizufahren. Er fand auch heraus, daß dieses natürliche Phänomen gefördert werden konnte, wenn jemand in der Nähe der Kreuzung eine Orange aß. Ähnlich wirksam war es, wenn er den Autofahrern, die vor der Ampel warten mußten, Äpfel und Orangen schenkte. Wenn sie nicht sofort etwas kauften, so kamen sie doch häufig am nächsten Tag wieder bei ihm vorbei.

„Was der Mensch sät, das wird er ernten“, gab George lächelnd zurück, wenn ihn jemand fragte, warum er Obst verschenkte.

Erfolg oder Mißerfolg seines Geschäfts hingen davon ab, ob er eine große Menge billig einkaufen und mit einem ordentlichen Zuschlag wieder verkaufen konnte. Aber es klappte, und sogar gut. Schon vom ersten Tag an machte George einen Gewinn. Er war zwar nicht immer gleich hoch, aber die Kosten waren fast immer gedeckt, und nicht selten konnte er am Ende einer Woche ein paar Dollar auf die Bank bringen.

George betrieb seinen Straßenverkauf nun schon drei Jahre. Wenn der Lastwagen noch ein wenig durchhielt und die Inflation nicht wieder ein Drittel des Gewinns auffressen würde wie im Vorjahr, dann, so hoffte er, würde er noch dieses Jahr einen eigenen Laden eröffnen können.

Es war jetzt Mitte September. In dieser Jahreszeit spielte das Wetter in Los Angeles, das sonst immer recht einfach vorherzusagen war, leicht verrückt. Eine kühle Brise vom Pazifik konnte eine feuchte Luftmasse mit sich bringen, die dann mit der stehenden, verbrauchten Luft im Los-Angeles-Becken zusammentraf. Es bildeten sich Haufenwolken, die sich über dem Smogschleier am Himmel auftürmten. Diese Wolken zogen dann die feuchte Luft nach oben, und die Touristen in dieser niederschlagsarmen Region wurden in ihren Kabrioletts von Regen und heftigen Gewittern überrascht. Heute war Freitag. Das Tal war in dieser Woche bereits von drei Stürmen heimgesucht worden, und die Morgenzeitung hatte für den späten Nachmittag ein weiteres Gewitter angekündigt.

Wenn es etwas gab, was die Bewohner Kaliforniens noch mehr haßten als den Regen, dann waren es Schmutz und Schlamm. Georges Parkplatz am Victory-Boulevard hatte sich in eine einzige Pfütze verwandelt. Deshalb war der Verkauf in dieser Woche rapide zurückgegangen. Während George rückwärts aus der Ausfahrt auf die Straße fuhr, überlegte er sich, ob er angesichts der Wettervorsage heute weniger einkaufen sollte. Er hielt am Straßenrand und hupte. Kurz darauf kamen Sascha, seine achtundzwanzigjährige Frau, und Kim, seine vierjährige Tochter, aus dem Haus und kletterten in den Wagen.

Sascha Rollins war eine attraktive Frau mit pechschwarzen Haaren und dunklen Augen. Sie war Amerikanerin, doch ihre Familie stammte ursprünglich aus Rußland. Wegen ihres christlichen Glaubens waren die Eltern in den frühen dreißiger Jahren aus der Sowjetunion geflohen. Sascha sprach fließend Russisch und Englisch, doch hatte sie in Los Angeles nur selten Gelegenheit, ihre Muttersprache zu sprechen. Ihre Eltern, stolz darauf, Amerikaner zu sein, und froh, daß sie die bitteren Jahre in der Sowjetunion vergessen konnten, hatten nie viel Aufhebens von Saschas russischer Herkunft gemacht. Jetzt war sie ohnehin mehr an ihrem Mann und ihrem Kind interessiert als an dem kommunistischen Land, das auf der anderen Seite der Erde lag.

Die beiden hatten sich an einer christlichen Jugendtagung kennengelernt. Sascha war für George eine Gebetserhörung, und er hatte von Anfang an nie daran gezweifelt, daß sie eines Tages seine Frau werden würde, obwohl es dann beinahe drei Jahre gedauert hatte, bis auch sie davon überzeugt war.

George besaß einen rastlosen Abenteuergeist, der sich instinktiv vor Verantwortung scheute, während Sascha beständig und zuverlässig war. Durch ihre Verbindung ergänzten sich beide Persönlichkeiten auf ideale Weise. Die zwei waren wirklich eins.

Stärke und Beständigkeit ihrer Ehe würden bald auf die Probe gestellt werden, wenn sie plötzlich im Rampenlicht der Öffentlichkeit stehen würden. Doch jetzt, als Sascha mit ihrem Mann im Lastwagen auf dem Pasadena-Freeway ins Zentrum von Los Angeles fuhr, dachte sie nicht an Dinge von internationaler Bedeutung. „George", begann sie, als sie unter dem Hollywood-Freeway hindurchfuhren, „kannst du Kim und mich vor dem ‚Broadway' aussteigen lassen, bevor du Gemüse holst?" Sascha hatte vier Dollar in ihrem Geldbeutel. Sie hatte noch nie etwas im „Broadway" gekauft, aber es machte ihr Spaß, ein bißchen zu bummeln.

„Seid ihr auch um drei wieder draußen?" fragte George und sah zu seiner Frau hinüber.

„Bestimmt!" versicherte Sascha.

George wechselte auf die rechte Fahrspur und verließ die Autobahn bei der Ausfahrt zur Sixth-Street.

Der leere Lastwagen hielt gegenüber dem gigantischen Broadwaykomplex. George griff in seine Tasche und holte etwas Kleingeld heraus. Kim streckte ihm ihre offene Hand entgegen. „Kauf dir ein Eis dafür", sagte George lächelnd und ließ die Münzen in die kleine Hand fallen, die sich schnell wieder schloß.

„Danke, Papa!" strahlte Kim und preßte die Hand mit dem Kleingeld an sich.

Sascha beugte sich für einen Abschiedskuß zu ihrem Mann hinüber. „Erst vier Jahre alt und wickelt dich schon um den kleinen Finger."

„Wie die Mutter, so die Tochter", kommentierte George lachend und küßte seine Frau.

„Also, bis um drei!" Sascha faßte nach dem Türgriff.

„Schatz –", rief George.

Sascha sah zu ihm hinüber.

„Nächstes Jahr", versicherte er, und es klang fast entschuldigend, „nächstes Jahr kannst du mehr, als nur schauen."

Sascha lächelte verständnisvoll. „George, das macht doch nichts. Ich wünsch' mir den Laden doch genauso sehr wie du."

„Ich weiß", erwiderte George, „aber nächstes Jahr wirst du dir auch mal was kaufen können."

„Ich liebe dich!" gab Sascha zurück und öffnete die Wagentür, um auszusteigen.

„Tschüß, Papa!" rief Kim noch schnell, bevor sie die Tür zuschlug.

Der Kleinlaster dröhnte, stieß blaue Rauchwolken von sich und ratterte davon. Sascha schaute ihm nach, bis sie ihn aus den Augen verlor, und wandte sich dann dem Treiben in der Innenstadt zu. Die Gebäude, hohe Blöcke aus Beton und Glas, ragten zum Himmel. Auf dem Gehsteig begegnete man unzähligen Gesichtern, und auf der Straße fuhren Busse, Lastautos und Personenwagen dicht hintereinander. Der Broadway war eine laute, betriebsame Straße, und Sascha sog alles in sich hinein. Hier sah man ihr nicht mehr die Frau mit nur vier Dollar und ohne Kreditkarte an. Sie war einfach eine attraktive, dunkelhaarige Frau, die mit ihrem Kind im Zentrum von Los Angeles einen Einkaufsbummel machte. Für eine kurze Stunde würde sie ihre Sorgen und Pflichten vergessen können. Sascha wußte, daß sie übermüdet war. Sie fühlte es. George hatte es auch bemerkt. Man sah es bereits an ihren Augen. Sie hatten beide viel und schwer gearbeitet. Doch wenn sie nur noch ein wenig länger durchhalten würden – und Sascha wußte, sie konnten es –, dann hatte sich die Arbeit gelohnt; aber trotzdem, sie war müde. Während sie an einer Ampel warteten, sagte sich Sascha, daß ihr der Bummel mit ihrem lebhaften, vierjährigen Töchterchen guttun würde. Die Ampel wechselte auf Grün. „Komm, mein Schatz", sagte Sascha und nahm Kim bei der Hand.

Den Eingang zur Broadway-Einkaufspromenade bildete eine weitläufige Arkade mit vielen Spezialitätenläden. Ein glitzernder Springbrunnen und eine glatte, schwarze Skulptur standen mitten in dem hohen Raum. Farbmuster leuchteten an den Wänden, und das leicht getönte Glas an der Decke tauchte die Eingangshalle in ein warmes, angenehmes Licht. Sascha spazierte mit Kim, die nun ihr Eis schleckte, von einem Schaufenster zum anderen. Im Fenster einer Tierhandlung entdeckten sie lustige Kätzchen, bei einem Schuhladen sahen sie ein paar Schuhe, die ihnen gefielen, und nachdem Kim ihr Eis fertiggegessen hatte, schauten sie sich in einem Spielzeugladen um. In zwei Monaten hatte Kim Geburtstag, und Sascha notierte in Gedanken aufmerksam, welche Puppen ihre Tochter am meisten interessierten. Eine Baby-Puppe schien ihr am besten zu gefallen. Sascha hatte bereits ihre eigenen Vorstellungen davon, wie Kims Wunsch nach einem Baby erfüllt werden könnte. Sie nahm sich fest vor, bald mit George darüber zu sprechen. Schließlich war Kim schon fast fünf. Es war an der Zeit...

Nach der Arkade folgte das luxuriöse Broadway-Warenhaus. In der Kosmetikabteilung im Erdgeschoß besprühte Sascha ihren Hals mit Parfüm aus einer Musterflasche und steuerte dann auf die Rolltreppe zu, um sich im zweiten Stock die Damenkleider anzusehen.

Dort schlenderte sie von einer Abteilung zur anderen. Kim folgte ihrer Mutter auf Schritt und Tritt, kontrollierte die Qualität der Stoffe, beurteilte Farben und tat so, als ob sie die Preisschilder schon lesen könnte. Sascha sah sich die Badeanzüge, Morgenmäntel, Röcke und Blusen und schließlich noch die Sportbekleidung an. Als sie gerade eine Stange mit Markenjeans durchstöberte, hörte sie plötzlich fremd klingende Stimmen – ein Mann und eine Frau unterhielten sich auf russisch. Saschas Eltern sprachen zu Hause immer noch russisch, doch hier im Zentrum von Los Angeles hörte man diese Sprache äußerst selten.

Überrascht wandte sich Sascha um. Der Mann war groß und sah sehr sportlich aus. Sie schätzte, daß er knapp über Dreißig war. Er hatte rabenschwarze Haare und ganz dunkle Augen. Die Frau an seiner Seite war jünger, blond und sehr hübsch. Sie probierte gerade einen Pullover an. „Sieht gut aus", meinte ihr Begleiter auf russisch.

Sascha bemerkte noch einen anderen Mann. Er stand in der Nähe des russischsprechenden Paares, doch anders als die beiden trug er Anzug und Krawatte. Er wirkte humorlos und kalt. Als er zu Sascha hinüberblickte, sah sie schnell weg. Sie überlegte, ob sie das Paar kurz ansprechen sollte, aber der Mann daneben gab ihr ein ungutes Gefühl, und so ließ sie es bleiben. Die beiden schienen Touristen zu sein. Vielleicht war der Mann einfach ihr Chauffeur, dachte Sascha und wandte ihre Aufmerksamkeit wieder den Jeans zu. Es ging sie ja auch nichts an, und sie hatte gerade beschlossen, nicht weiter darüber nachzudenken, als ihr vierjähriges Töchterchen sie am Ärmel zupfte. „Mama!"

„Was ist, mein Schatz?" fragte Sascha und sah zu der Kleinen hinunter.

„Die Leute reden genauso wie Opa", verkündete Kim stolz und zeigte auf das russische Paar.

„Pst! Man zeigt nicht mit dem Finger auf andere Leute", belehrte Sascha sie und nahm die kleine Hand schnell in die ihre. Sie schaute zu den beiden hin. Sie hatten anscheinend nichts bemerkt, aber der Mann daneben mit den strengen Augen hatte den kleinen Vorfall mitbekommen und warf Sascha und Kim nun einen scharfen Blick zu.

Sascha nahm ihr Töchterchen an der Hand und ging weg.

In der Abteilung für Freizeitbekleidung entdeckte sie ein Kleid für sechzig Dollar, das sie anprobieren wollte. Eine Frau durfte träumen, auch wenn sie kein Geld besaß. „Mama probiert das schnell an", erklärte sie der Kleinen und setzte sie auf einen Stuhl vor dem Umkleideraum. „Und du wartest hier, verstanden?"

Kim blieb gehorsam auf dem Stuhl sitzen und fragte: „Gehen wir nochmal zu den Kätzchen, wenn du fertig bist?"

„Wenn du lieb bist und schön hier wartest."

„Ja, mach' ich", versprach Kim.

In der Kabine schlüpfte Sascha aus ihren Sachen und zog das neue Kleid über. Es fühlte sich frisch an und roch neu. Sascha genoß das weiche Gefühl auf ihren Schultern. Sie strich mit den Händen darüber, um die Falten zu glätten. Sie wirkte sehr feminin in dem Kleid. Sie öffnete die Tür der kleinen Kabine und trat in den Gang des Anproberaums. Dort hatte sie einen großen Spiegel gesehen, und bevor ihr Traum enden würde, wollte sie sich noch einmal in diesem wunderschönen Kleid betrachten. Sascha war überrascht, als sie die attraktive, blonde Russin vor dem Spiegel stehen und eine Bluse mustern sah.

Die junge Frau hatte einen hellen Teint, hohe Wangeknochen und ausdrucksvolle grüne Augen. Als sie sich umwandte, um sich auch von hinten zu sehen, bemerkte sie Sascha. „Oh!" rutschte es ihr heraus, als sei sie auf frischer Tat ertappt. Sascha hatte den ängstlichen Blick bemerkt. „Tut mir leid", entschuldigte sie sich unwillkürlich auf russisch, „ich wollte Sie nicht erschrecken."

Der Schrecken im Gesicht der blonden, jungen Frau wich einem Lächeln. „Sie sprechen ja russisch!" stellte sie überrascht fest.

„Da", antworte Sascha, „meine Eltern kommen aus Rußland."

„Aber Sie sind Amerikanerin?" wollte die hübsche Russin wissen. Die Neugier stand ihr im Gesicht geschrieben.

„Ja, ich bin hier geboren."

„Komisch!" Die junge Frau lächelte. „Sie reden russisch, aber mit einem amerikanischen Akzent."

„Ich brauche diese Sprache nur selten", erklärte Sascha, „nur noch bei meinen Eltern."

„Ihre Eltern", fragte ihre Gesprächspartnerin weiter, „müssen wohlhabend sein, daß sie aus der Sowjetunion ausreisen konnten?"

„Nein", Sascha lächelte. „Meine Eltern sind nicht reich. Mein Vater war Bauer in der Nähe von Grodno. Er züchtete Schweine und pflanzte Kartoffeln an. Eines Nachts gingen er und meine Mutter über die Berge nach Polen. Wie sind Sie herausgekommen?"

„Ich? Gar nicht. Ich lebe immer noch in Rußland", erwiderte die blonde Frau.

„Dann sind Sie hier in den Ferien?" fragte Sascha.

„Nein. Ich bin Valentina Koslowa. Ich bin mit dem Bolschoiballett hier."

„Ach wirklich! Ich habe im Fernsehen gesehen, daß das Bolschoi hier ist."

„Gehen Sie manchmal zu Ballettvorstellungen?" wollte Valentina nun wissen.

„Nein", gab Sascha lachend zu, „mein Mann ist nicht gerade ein Ballettfan."

„Ist Ihr Mann Russe?"

„George?" kicherte Sascha. „Nein, George Rollins ist kein Russe. Er ist ein waschechter Amerikaner."

Valentina betrachtete Saschas Gesicht einen Moment lang und meinte dann: „Und Sie sind eine Amerikanerin mit einem russischen Herzen."

„Da haben Sie vermutlich recht", stimmte Sascha zu.

„Darf ich fragen, wie Sie heißen?" erkundigte sich Valentina nun vorsichtig.

„Oh – tut mir leid. Ich heiße Sascha."

„Sascha", wiederholte Valentina lächelnd. „Ein hübscher Name. Meine Großmutter hieß auch so."

„Mama!" ertönte eine feine Stimme vom Eingang des Garderoberaumes.

Sascha wandte sich zu ihrer Tochter um. „Komm nur herein, Kim."

Das kleine Mädchen rannte auf seine Mutter zu und klammerte sich an ihr fest.

„Ist das Ihr Töchterchen?" fragte Valentina.

Sascha kniete neben Kim nieder, die einen schnellen Blick zu der attraktiven Valentina hinauf wagte, bevor sie ihr Gesicht wieder an Saschas Schulter drückte.

„Ja, das ist Kim“, stellte Sascha vor. „Sie wird bald fünf.“

„Sie ist blond“, bemerkte Valentina. „Wie ihr Vater?“

„Stimmt“, bestätigte Sascha, „sie gleicht ihrem Daddy.“

„Dann ist sie also halb Russin, halb Amerikanerin“, folgerte Valentina.

Vor den Umkleidekabinen ging Leonid Koslow ungeduldig auf und ab. Die vielen lebensgroßen, weiblichen Puppen in den provokativ modischen, westlichen Kleidern wären für den ersten Solotänzer des Bolschoi bereits Grund genug gewesen, sich ungemütlich zu fühlen. Die vielen Käuferinnen und ein bedrohlich wirkender, humorloser KGB-Agent trugen jedoch noch das Ihre dazu bei.

Leonid warf einen Blick auf den Agenten Sergei Romanowitsch, der nur wenige Schritte entfernt wartete. Die anderen KGB-Agenten waren bei der Beschattung in der Regel recht rücksichtsvoll und diskret, aber Romanowitsch machte eine Ausnahme. Es war ihm völlig egal, was Leonid und Valentina dachten oder was sonst irgend jemand denken könnte – er blieb in der Nähe. Normalerweise so nah, daß sein Knoblauchatem alle anderen vertrieb. Leonid beschloß, nun einen direkten Versuch zu unternehmen, um an Romanowitsch heranzukommen. Er ging mit freundlichem Gesicht auf den Agenten zu. „Es scheint, als ob die Frauen hier im Westen sehr verwöhnt wären.“

„Mir ist es völlig gleichgültig, was die Frauen im Westen sind“, erwiderte Romanowitsch trocken.

„Ich habe nur eine Bemerkung über die Verhältnisse hier in Amerika gemacht“, verteidigte sich Leonid.

„Nein“, widersprach Romanowitsch, „Sie haben nicht nur eine Bemerkung gemacht. Sie wollen versuchen, sich mit mir anzufreunden, damit ich Sie und Ihre Frau nicht so streng überwache. Aber ich warne Sie, Genosse Koslow, bei mir funktioniert das Spielchen nicht.“

Leonid wandte sich um und ging kopfschüttelnd weg. Romanowitsch hielt ihn am Arm fest: „Sie können vielleicht andere täuschen“, preßte er hervor, und sein Atem roch wieder stark nach Knoblauch. „Doch ich durchschaue Sie. Ich habe mir Ihre vordergründigen, politischen Reden angehört. Die sind genau wie Sie, Koslow: ohne Schneid. Ich kenne Sie; wenn ich Ihnen Gelegenheit gäbe, würden Sie davonlaufen wie ein Hase."

Leonid blickte den stämmigen Agenten scharf an. Er stieß die Hand des Mannes von seinem Arm weg. „Wie haben Sie mich genannt: ‚Genosse Koslow'? Ich kenne jemanden, den es sehr interessieren würde, zu erfahren, daß Sie mich mitten in einem großen westlichen Warenhaus ‚Genosse' genannt haben."

„Das hat niemand gehört", stieß Romanowitsch zwischen den Zähnen hervor.

„Davon müssen Sie Markoff zuerst überzeugen", erwiderte Leonid. „Sie behaupten, mich zu durchschauen, Romanowitsch. Nun, Sie können mir auch nichts vormachen. Aber ich werde kein Sprungbrett für Ihre nächste Beförderung abgeben – und nach diesem Vorfall dürfte es ohnehin zu keiner mehr kommen." Leonid wandte sich ab und ging davon. Romanowitsch warf ihm einen durchdringenden Blick nach. Er schnaubte vor Wut. Im geheimen schwor er Rache.

Leonids Bauchmuskeln hatten sich zu einem Knoten zusammengezogen. Seine Hände zitterten vor Ärger. Er atmete mehrmals langsam und tief durch, um sich zu beruhigen. Schon bereute er, daß er sich auf Romanowitschs Niveau herabgelassen hatte. Er war ein Künstler und kein Schlägertyp. Es hatte jedoch nicht viel gefehlt, und er hätte genauso primitiv reagiert wie Romanowitsch. Nun mußte er wieder zu sich kommen. Er ging zu einer Stange mit Blusen und tat so, als würde ihn im Moment nichts auf der Welt mehr interessieren. Eine Verkäuferin kam auf ihn zu.

„Kann ich Ihnen helfen?"

„Nein", antwortete Leonid und versuchte zu lächeln. Er hoffte, daß ihm die richtigen englischen Worte einfallen würden. „Meine Frau..." begann er zögernd und blickte zu den Umkleidekabinen hinüber.

Die Verkäuferin merkte, daß er mit der Sprache Mühe hatte. „Warten Sie auf Ihre Frau?"

Leonid nickte.

„Nun, wenn ich Ihnen in der Zwischenzeit behilflich sein kann, dann rufen Sie mich einfach", meinte sie freundlich und ließ ihn allein.

Die Liebenswürdigkeit der Frau tat Leonid gut. Ihr Lächeln und ihr aufrichtiges Angebot, ihm zu helfen, waren so einfach und doch für sowjetische Verhältnisse so fremd. Er sah sich um. Die verschiedensten Menschen befanden sich in dieser Warenhausabteilung: Junge, Alte und Kinder mit fröhlichen Gesichtern, die einkauften, plauderten und lachten. Sie sahen entspannt und glücklich aus, und Leonid spürte in sich eine Sehnsucht, noch mehr von dieser Atmosphäre zu erleben.

Hier, sagte sich Leonid, wurde niemand von einem Schläger mit Knoblauchatem überwacht. Niemand bedrohte diese Menschen. Sie riskierten mit einer unbedachten Bemerkung oder einer eigenen Meinung keine Gefängnisstrafe. Hier waren sie frei, und als er darüber nachdachte, fiel ihm wieder der morgendliche Trainingslauf ein. Er hatte die Freiheit gesehen. Was auch immer die anderen sagten, er hatte sie gesehen. Er wußte, daß das die wirkliche Freiheit war, und konnte kaum mehr an etwas anderes denken.

In der Kabine zog Sascha ihre Schuhe wieder an und trat auf den Gang. Kim war an ihrer Seite. „Valentina, ich muß nun gehen", rief Sascha auf russisch. „Es war schön, mit Ihnen zu plaudern."

Valentina stieß ihre Kabinentür auf. „Ich habe mich auch gefreut, Sie zu treffen", antwortete sie mit einem aufrichtigen Lächeln.

Einen Moment lang sahen sich die beiden Frauen an. Sascha wußte nicht recht, was sie sagen sollte. Und Valentina ging es ebenso. Beide spürten so etwas wie eine Vertrautheit, eine Verbundenheit, die sofort zwischen ihnen dagewesen war und die es ihnen schwermachte, jetzt einfach so auseinanderzugehen. „Ich hoffe, daß du eines Tages zurückkommen kannst." Sascha fühlte, daß das „Sie" nicht mehr am Platz war.

„Ja, vielleicht sehen wir uns einmal wieder", gab Valentina zurück, doch in ihrer Stimme waren die Zweifel unüberhörbar. „Das wäre schön."

„Ich wünsche dir Gottes Segen", sagte Sascha und ging mit Kim an der Hand zum Ausgang.

„Ich wünsche dir auch Gottes Segen", antwortete Valentina leise auf russisch, doch Sascha war bereits draußen und hatte es nicht mehr gehört.

Als Sascha von den Umkleidekabinen kam, begegnete sie sofort wieder den Augen des Mannes. Er stand nur wenige Meter vom

Eingang entfernt und sah bedrohlicher aus denn je. Sascha faßte noch fester nach Kims Hand und ging an ihm vorbei. Sie konnte seinen durchdringenden Blick im Rücken fühlen. Sascha hoffte, sie würde diesen Mann nie wiedersehen.

Doch das Schicksal wollte es anders.

3

Der Kontakt

Die Wettervorhersage hatte sich, sehr zu George Rollins' Verdruß, bewahrheitet. Den ganzen Nachmittag jagte ein Gewitterregen den anderen, so daß die Autofahrer in ihren Wagen blieben. Als es schon auf vier Uhr zuging und George erst achtzehn Dollar eingenommen hatte, gab er auf.

Bis er alle Planen festgezurrt hatte und in die Fahrerkabine seines Lastwagens steigen konnte, war er naß bis auf die Haut. Kim schlief zusammengerollt unter einer Decke in der Mitte der Sitzbank. Sascha hatte sich auf der Beifahrerseite in einen Pullover eingemummelt. Die Fensterscheiben waren angelaufen, und es war auch drinnen recht kalt, doch kam es George nach dem Regen draußen trotzdem recht gemütlich vor. Er trocknete sich Gesicht und Bart und blickte Sascha an. „Ich mache Schluß. An einem solchen Tag steigt niemand aus, nur um einen Sack Kartoffeln zu kaufen. Man wird ja durch und durch naß."

„Er läßt eben regnen über Gerechte und Ungerechte", bemerkte Sascha mit einem Lächeln.

„Sicher ist, daß heute weder die Gerechten noch die Ungerechten Gemüse wollen", gab George zurück, während er den Motor anließ. „Wir sitzen also auf Grünzeug für fast zweihundert Dollar, das wir irgendwo loswerden müssen."

Der Regen hatte auf der Autobahn zu einer Reihe und Unfällen geführt, und mitten in der Hauptverkehrszeit die millionenteure Superschnellstraße in einen großen Parkplatz verwandelt. Die sonst halbstündige Fahrt vom Tal ins Stadtzentrum verlängerte sich für die Rollins mit ihrem vollbeladenen Lastauto dadurch zu einer monotonen, zweistündigen Reise.

Es war schon beinahe sieben Uhr, als George in die Straße zur Los-Angeles-Rescue-Mission einbog. Die Rescue-Mission war für viele heimatlose, abgezehrte Alkoholiker, die nur noch ein Schattendasein am Rande der Gesellschaft fristeten, eine letzte Zuflucht. Die Männer und Frauen, psychisch und physisch völlig am Ende, schleppten sich oft nur noch mit letzter Kraft zur Mission. Dort bekamen sie einen Teller warme Suppe und konnten eine Nacht im Trockenen schlafen. Es war gewiß kein gemütlicher Ort, aber wenigstens wurden sie dort nicht ausgefragt. Niemand behandelte sie abschätzig; sie erhielten einfach Hilfe, ohne dafür bezahlen zu müssen.

Als George aus dem Wagen kletterte, sah er die Leuchtschrift hoch oben an der Mauer des Missionsgebäudes: „Jesus ist Herr". George lächelte und steuerte auf die Eingangstür zu.

Drinnen, in der Menge ungewaschener, zerlumpter Männer, entdeckte er an einem alten Schreibtisch eine grauhaarige Frau mittleren Alters. Vor ihrem Tisch hatte sich eine lange Schlange gebildet. George ging an den Wartenden vorbei direkt auf die Frau zu. Die Männer schienen ihn nicht zu bemerken. „Entschuldigen Sie, ich..."

Die Frau sah den völlig durchnäßten George nur kurz, aber empört an: „Sie müssen hinten anstehen wie alle anderen!"

George hatte ihren Blick bemerkt und begriff sofort. Die Frau glaubte, er sei ein Alkoholiker wie alle anderen hier. Ein Betrunkener! „Sie verstehen nicht ganz, ich bin nicht gekommen, weil ich Hilfe brauche", verteidigte er sich unbeholfen.

„Natürlich nicht", erwiderte die Frau mit routinemäßiger, geduldiger Stimme, „aber Sie müssen trotzdem hinten anstehen. Hier hat jeder die gleichen Rechte."

George betrachtete die müden Trinkergestalten. Wenn sie die Sache überhaupt mitbekommen hatten, so schien ihnen doch alles egal zu sein. Sie warteten geduldig, mit niedergeschlagenen Augen und hängenden Schultern. Als er sie sich so ansah, erkannte er seinen Fehler: Er wollte nicht für einen von ihnen gehalten werden, weil er sich besser vorkam. Er hatte sie taxiert, ähnlich wie die Frau am Pult ihn abgestempelt hatte. George mußte lächeln, als er bemerkte, wie das Wort Jesu auf ihn zutraf: „Richtet nicht, damit ihr nicht gerichtet werdet! Denn ihr werdet mit dem gleichen Maß gemessen werden, mit dem ihr andere meßt." Er ging ans Ende der Schlange und wartete.

Beinahe zehn Minuten verstrichen, bis er vor der grauhaarigen Frau stand. „Name?" fragte sie, als er vor ihren Tisch trat.

„George Rollins", antworte er, „aber ich bin nicht wegen dem Abendessen hier, wirklich nicht."

Die Frau legte den Bleistift weg. „Und warum sind Sie hier, Mr. Rollins?"

„Ich habe draußen einen Lastwagen voll Gemüse."

Die Frau fragte erstaunt: „So spät noch eine Lieferung? Woher ist sie...?"

George fiel ihr ins Wort: „Hören Sie, meine Frau und meine kleine Tochter warten draußen, und es ist schon spät."

„Haben Sie eine Rechnung dabei?" fragte die Frau.

„Ich glaube, ich habe eine im Auto. Können wir abladen?"

Die Frau nickte. „Fahren Sie in den Hinterhof. Ich gebe der Küchenmannschaft Bescheid, damit sie Ihnen hilft."

„Danke!" erwiderte George freundlich.

Er fuhr rückwärts in den Hinterhof. Nachdem er Sascha eine Tasse Kaffee und Kim einen Becher Tee aus der Küche gebracht hatte, half er dem asiatisch aussehenden Koch, dem schwarzen Hilfskoch und den beiden mexikanischen Tellerwäschern beim Ausladen der vielen Kisten voller Gemüse und Obst.

Nach zwanzig Minuten war der Lastwagen leer und die Küche voll. Der schon etwas ältere Koch strich mit der Hand über die Kohlköpfe, als ob es kostbare Schätze wären. „Danke, vielen, vielen Dank", sagte er zu George und zeigte dabei seine gelben, wackligen Zähne. „Gott segne Sie!"

„Gott *hat* mich schon gesegnet", antwortete George, „deshalb kriegen Sie ja das Gemüse." Er ging durch die Küchentür zurück zu seinem Wagen.

„Haben Sie Rechnung?" rief der Koch in gebrochenem Englisch hinter ihm her.

„Nein", rief er lächelnd zurück, „ich habe keine Rechnung."

Weil es schon so spät war, lud George seine Frau und sein Töchterchen bei einem Imbißstand an der Autobahn zu einem Hamburger mit Pommes frites ein. Sie aßen drinnen im Lastwagen. Als George vor dem Essen kurz betete, dankte er auch dafür, daß Gott ihm Gelegenheit gegeben hatte, anderen zu helfen. Eine Viertelstunde später bogen sie in die Straße zu ihrem Häuschen in Eagle Rock ein.

George saß im Wohnzimmer und löste die Schnürsenkel seiner durchnäßten Militärstiefel, als das Telefon klingelte. Sascha trug gerade die schlafende Kim aus dem Wagen ins Kinderzimmer. Deshalb nahm George den Hörer ab, während er einen nassen Stiefel und einen Socken auszog. „Hallo!"

„Ist Sascha da?" fragte der Anrufer auf russisch.

George verstand nicht genau, was der Mann gesagt hatte, aber er erkannte, daß er russisch sprach. „Eine Moment", antwortete er und legte die Hand über die Sprechmuschel. „Sascha!" rief er. „Dein Onkel!"

Sascha kam ins Zimmer und griff nach dem Telefonhörer, den George ihr hinhielt. „Hallo!" meldete sie sich.

„Ist Sascha am Apparat?" fragte eine männliche Stimme auf russisch.

„Da", antwortete Sascha und merkte sofort, daß es nicht die Stimme ihres Onkels war.

„Ich bin ein Freund von Leonid Koslow und Valentina Koslowa", fuhr der Anrufer eilig fort. „Kennen Sie sie?"

„Da", erwiderte Sascha, während ihr unzählige Gedanken durch den Kopf schossen. „Ich habe Valentina Koslowa heute im ‚Broadway' getroffen."

George zog seinen zweiten Stiefel aus. Er verstand nicht viel russisch, aber er hatte von Sascha und ihren Verwandten ein paar Worte gelernt. Wenn er genauer hinhörte, konnte er manchmal Gesprächsfetzen verstehen. Als er nun den ernsten Gesichtsausdruck seiner Frau bemerkte, wurde er aufmerksam.

„Was ich Ihnen jetzt sage, ist streng vertraulich", hörte Sascha den Mann sagen. „Leonid und Valentina möchten hierbleiben."

„In den USA bleiben?" fragte Sascha. Sie war immer noch nicht sicher, was der Anrufer meinte.

„Da", antwortete dieser, „überlaufen."

Sascha hielt sich die Hand vor den Mund. Jetzt begriff sie und erschrak. George bemerkte ihre Reaktion. „Was ist los?" fragte er.

„Können Sie ihnen helfen?" wollte der Anrufer wissen.

„Ihnen helfen überzulaufen?" platzte Sascha auf englisch heraus.

George schoß hoch. „Wem helfen überzulaufen?“

Sascha bedeutete ihm, ruhig zu sein.

„Werden Sie ihnen helfen?“ drängte der Anrufer.

Sascha spürte, wie ihr Herz wild klopfte. Sie biß sich auf die Lippen und hielt den Hörer fest. Sie wußte nicht, ob sie helfen konnte. Sie wußte nicht einmal, ob sie überhaupt etwas tun könnte. Doch die Stimme des Mannes hatte einen fast flehenden Unterton und klang aufrichtig.

Sascha schloß die Augen, betete still um Kraft, umklammerte den Kunststoffhörer mit beiden Händen und antwortete dann: „Da, ich helfe ihnen.“

„Es kommt jemand“, flüsterte der Anrufer hastig, „ich rufe später nochmal an.“ Er hängte auf. Sascha vernahm nur noch den Summton.

„Sascha, was ist los?“ fragte George eindringlich. Er nahm ihr den Hörer ab und legte auf. Sascha ließ sich auf das Sofa sinken. Sie war völlig verstört. George setzte sich neben sie und hielt ihre Hand. Sie holte tief Luft und atmete langsam aus. „Ich hab’ dir doch von dieser Frau erzählt, die ich im ‚Broadway‘ getroffen habe. Erinnerst du dich?“

„Die Tänzerin?“

„Valentina.“ Sascha nickte. „Sie und ihr Mann wollen überlaufen... in den USA bleiben.“

„War sie am Apparat?“ fragte George.

„Nein“, antwortete Sascha, „der Mann sagte, er sei ein Freund von ihnen.“

„Und was wollte er von dir?“

Sascha sah ihren Mann an. „Sie wollen, daß wir ihnen dabei helfen.“

George rief erstaunt: „Helfen, überzulaufen? Wie denn?“

„Ich weiß es auch nicht“, antwortete Sascha. „Aber der Mann am Telefon klang verzweifelt. Ich habe versprochen, ihnen zu helfen.“

„Das hab’ ich gehört“, erwiderte George und zog endlich auch den zweiten nassen Socken aus. „Ich hab’ nur keine Ahnung, wie wir das machen könnten.“

„Der Mann sagte, er rufe wieder an“, erklärte Sascha. „Er sagte, es komme jemand. Glaubst du, daß sie Schwierigkeiten bekommen könnten? Ist es gesetzeswidrig, überzulaufen?“

„Die Russen sind bestimmt der Meinung", antwortete George und massierte seinen kalten, weißen Fuß.

„Du", fragte Sascha schüchtern, „habe ich mich richtig verhalten? Ich meine, findest du auch, daß wir ihnen helfen sollten?"

George betrachtete seine Frau einen Moment lang. Das war eine grundlegende Frage. Doch dann lächelte er und strich mit dem Finger zärtlich über ihr Kinn. „Ja", beruhigte er sie, „du hast richtig gehandelt. Es hat dich jemand um Hilfe gebeten, und du hast sie ihm zugesagt. Das ist gut so."

„Doch was können wir tun?" In Saschas Stimme war Furcht.

„Nun ja", meinte er, während er seine Zehen auf und ab bewegte, „es scheint so, als müßten wir einfach abwarten. Er sagte doch, er werde nochmals anrufen, nicht wahr?"

„Ja."

George stand auf und nahm seine nassen Socken und Stiefel. „Dann warten wir eben ab." Er küßte Sascha auf die Stirn und ging ins Schlafzimmer.

Während er sich aus seinen durchnäßten Kleidern schälte und etwas Warmes anzog, brühte Sascha Tee auf. Dann machten sie es sich auf dem Sofa bequem, tranken Tee und warteten gespannt auf das Klingeln des Telefons. Der erste Anruf des unbekannten Russen war um acht Uhr gekommen. George sah auf seine Armbanduhr, aber überging die Wanduhr, auf die er an diesem Abend schon hundert Mal geschaut hatte. Es war fast zehn. Schon zwei Stunden waren verstrichen, und George zweifelte langsam daran, daß der Russe sich überhaupt wieder melden würde. Tausend Gedanken gingen ihm durch den Kopf, die er Sascha gegenüber aber nicht aussprach, um sie nicht zu belasten. Hatte man die Russen schon geschnappt? Waren sie vielleicht bereits auf dem Weg zum Flughafen, weil man sie so schnell wie möglich aus dem Land schaffen wollte? Bestand irgendeine Gefahr für seine Familie? Hatten die Russen vielleicht das Gespräch abgehört? Kannten sie seine Adresse? Seinen Namen? Was würden sie unternehmen?

„George", unterbrach Sascha das lange Schweigen. Sie hatte den Kopf an seine Schulter gelehnt.

„Hmm?"

„Ich glaube, etwas stimmt da nicht." Sie richtete sich ein wenig auf, um ihn anzusehen.

„Warum meinst du?“ gab George zurück, denn er wollte sich seine eigenen Befürchtungen nicht anmerken lassen.

„Weil es nun schon zwei Stunden her ist und er immer noch nicht angerufen hat. Was ist, wenn sie ihn geschnappt haben? Wir müssen etwas unternehmen.“

George überlegte eine ganze Weile, was wohl das beste wäre. Schließlich nahm er Saschas Hand und sah sie an. „Wir sollten beten und Gott um seine Führung bitten.“ Sascha neigte den Kopf.

„Vater“, begann George, „wir haben ein Problem. Diese Russen haben uns gebeten, ihnen zu helfen, und wir wissen nicht, ob wir das können. Doch wir glauben, daß sie Hilfe brauchen. Herr, in dieser Situation brauchen wir deine Hilfe. Wir sind bereit zu helfen, doch wir wollen auf dich vertrauen und nicht auf uns selbst. Du hast uns zugesagt, daß du unsere Pfade ebnen wirst, wenn wir auf allen unseren Wegen an dich denken. Amen.“

„Amen“, fügte auch Sascha hinzu.

„Jetzt hab' ich's!“ rief George plötzlich.

„Was meinst du?“ wollte Sascha wissen.

„Weißt du, was wir brauchen? Juristische Beratung!“

„Aber“, wandte Sascha ein, „wir können uns doch keinen Anwalt leisten.“

„Nein, das meine ich nicht“, erwiderte George. „Wen rufen wir denn immer an, wenn wir irgendeinen juristischen Rat brauchen?“

„Kirk! Aber er ist Kriminalbeamter und kein Rechtsanwalt.“

„Genau! Und weil er Polizist ist, kennt er das Gesetz.“

„Aber“, zweifelte Sascha wieder, „wie soll er als einfacher Polizeibeamter Bescheid darüber wissen, was passiert, wenn jemand überläuft?“

„Das weiß ich nicht“, gab George zu, „aber fragen kostet ja nichts!“ Er griff nach dem Telefon.

Kirk Harper war sechsunddreißig Jahre alt und gehörte mit seiner langjährigen Erfahrung schon fast zum Inventar der Polizei von Los Angeles. Er war als guter Beamter bekannt, aber er hatte eine aufbrausende, rebellische Art, und das war seiner Karriere nicht unbedingt förderlich. Kirk war jedoch nicht unglücklich darüber. Der Ruf, ein guter Polizist zu sein, bedeutete ihm viel; das schlimmste wäre für ihn gewesen, als angepaßt zu gelten. „Lieber aufrichtig sein, als befördert werden", verteidigte er sich und meinte es auch so. Er war ein kräftiger, untersetzter Mann mit schwarzem, kurzgeschnittenem Haar und dunklen Augen. Sein spontanes, entwaffnendes Lächeln schaffte oft einen guten Ausgleich zu seiner sonst ernsthaften Art. Doch wenn das Lächeln aus seinem Gesicht verschwand und seine Züge sich verhärteten, sah er bedrohlich aus. Dieser durchdringende, kalte Blick hatte seine Wirkung noch nie verfehlt. Er hatte sich Autorität verschafft und sie ausgeübt, bis sie zu einem Teil seines Wesens geworden war. Die elf Jahre, in denen er sich nun schon für das Recht einsetzte, hatten aus ihm einen unerschrockenen, verantwortungsbewußten Spezialisten der Polizei von Los Angeles gemacht.

Erfahrung und Zynismus lagen bei dem Kriminalbeamten Kirk Harper nah beieinander, was in diesem Beruf nicht ungewöhnlich ist. Nach elf Jahren Einsatz in den Straßen von Los Angeles hatte er genug gesehen, um den naiven Glauben an den unbedingten Sieg der Gerechtigkeit zu verlieren. Er wußte aus Erfahrung, daß Gangster nicht nur die Straßen unsicher machten, sondern daß sie oft dreiteilige Anzüge oder die schwarze Robe eines Richters trugen und manchmal sogar einen Polizeiausweis vorzeigen konnten. Kirk glaubte immer noch an die Gerechtigkeit, doch er hatte zu selten erlebt, daß das Rechtssystem so für Gerechtigkeit sorgen konnte, wie er und andere Kollegen sich das vorstellten. Er neigte eher dazu, sich mit seinen eigenen Mitteln für die gerechte Sache einzusetzen, als sich auf die Gerichte zu verlassen.

Kirk besaß ethische Grundsätze, führte ein anständiges Leben und glaubte an Gott, obwohl ihn die Bezeichnung „wiedergeborener Christ" an Moralapostel und Spendensammler erinnerte. Er sagte stolz von sich, er sei Patriot und entschiedener Antikommunist. Er ging nicht regelmäßig zur Kirche, aber er achtete die Menschen, die das taten, obwohl er ihren Motiven etwas mißtraute. Er hielt sich jedoch durchaus für einen Christen. Die Tatsache, daß er Amerikaner war und sich für die Gerechtigkeit einsetzte, schien ihm dafür Beweis genug.

Cathy Harper, die frühere Catherine Gorsky, war Sascha Rollins' ältere Schwester. Die dreiunddreißigjährige Cathy hatte zu ihrer jüngeren Schwester noch immer ein enges Verhältnis; und obwohl die beiden Ehemänner, George und Kirk, das pure Gegenteil voneinander waren, besuchten sich die Familien regelmäßig.

Kirk warf George oft vor, er sähe aus wie ein Hippie, und hatte ihn heimlich im Verdacht, ihm den Riesenaufkleber mit Jimmy Carter und Walter Mondale auf sein Wohnmobil geklebt zu haben. Jedes Mal, wenn sie beisammen waren, bot Kirk seinem Schwager eine Dose Bier an, doch er konnte George von seinem Grundsatz, keinen Alkohol zu trinken, nicht abbringen.

„Und was hältst du davon, daß Jesus Wasser in Wein verwandelte?“ hatte Kirk George noch vor kurzem bei einem Besuch herausgefordert.

„Er hat aber nicht gesagt, man müsse ihn trinken“, grinste George.

Obwohl Kirk den Glauben und den Lebensstil seines Schwagers nie ganz verstanden hatte, respektierte er ihn doch und war überzeugt, daß George Rollins ein aufrichtiger und vertrauenswürdiger Bursche war. „Er ist vielleicht nicht der ideale Schwager“, erzählte er einmal einem Kollegen, „aber ich habe noch keinen besseren getroffen.“

Es war am Freitag abend, und Kirk saß entspannt in seinem Lehnstuhl vor dem Fernseher. In der Einfahrt zu seinem gemütlichen Haus in Monterey-Heights standen ein schönes Boot, ein Wohnmobil und ein Datsun 240-Z. Er hatte eine attraktive Frau, zwei Kinder, in der Garage einen Kühlschrank voller Bierdosen und ein paar Tausend Dollar auf der Bank. Kirk Harper fand, daß er alles besaß, was er sich wünschte. Er wußte selbst nicht genau, warum er nicht vollkommen glücklich war; aber er fragte sich, ob überhaupt jemand es war. George Rollins behauptete das zwar von sich, doch Kirk vermutete dahinter einfach eine Mischung von Hippie-Philosophie und Christentum. Und die entbehrte für ihn nun einmal jeglicher Überzeugungskraft. Doch jetzt, nach fünf Dosen Bier, verspürte er ein gewisses Wohlbehagen. Im Fernsehen lief gerade eine Wiederholung von „Der Marshal“, als das Telefon klingelte. Er meldete sich ganz im Stil von John Wayne: „Yo?“

„Hallo Kirk! Hier ist George. Ich hoff’, ich hab’ dich nicht geweckt?“

„Mach dir keine Sorgen, Pilger“, antwortete Kirk, immer noch stilecht, „ich schau’ nur gerade ein wenig fern. Was is’?“

„Die Angelegenheit ist etwas kompliziert", erwiderte George vorsichtig.

„Also genau wie du", gab Kirk schlagfertig zurück, „dann schieß mal los!" Er stellte den Ton des Fernsehers etwas leiser.

George erzählte ihm, wie Sascha und Kim am Nachmittag Valentina Koslowa, den Star des Bolschoiballetts, im „Broadway" getroffen hatten.

„Und was ist dabei so kompliziert?"

„Nichts", gab George zu und fuhr fort, „aber was meinst du dazu: heute abend um acht rief ein Russe bei uns an und fragte, ob wir Valentina und ihrem Mann helfen würden, abzuspringen."

George wartete auf eine Antwort, doch am anderen Ende der Leitung blieb es still. „Kirk?" unterbrach George das Schweigen.

„Ja, ich hab's gehört", antwortete Kirk. Seine Stimme war jetzt ernst. „Du hast wirklich recht. Die Sache ist kompliziert."

„Können wir ihnen helfen, Kirk? Ich meine, glaubst du, daß wir dadurch in große Schwierigkeiten kommen könnten?"

„Wie sollt ihr ihnen helfen?"

„Das wissen wir nicht. Der Mann hat Sascha gefragt, ob wir helfen. Sie sagte ja, und dann meinte er, er müsse gehen. Es komme jemand. Er versprach, wieder anzurufen."

„Und?"

„Bis jetzt haben wir nichts mehr gehört."

„Von wo hat er angerufen?"

„Weiß ich nicht."

„Wie hat er eure Telefonnummer erfahren?"

„Wissen wir auch nicht."

„Wo wohnen diese Russen?"

„Keine Ahnung."

Kirk stellte die Lehne seines Sessels senkrecht und fuhr sich mit der Hand übers Gesicht. „Also, laß mich mal zusammenfassen. Sascha trifft heute nachmittag diese russische Puppe. Ihr geht heim, und ein anderer von diesen Roten ruft an, sagt, er sei ein Freund von der Tänzerin und ihrem Mann und daß die zwei überlaufen möchten. Habe ich das richtig verstanden?"

„Im Prinzip, ja", antwortete George.

„Aber du weißt nicht, was genau man von euch will, wo sie sind und wer angerufen hat?"

„Genau."

„Hast du schon mal was von übergeschnappten Anrufern gehört?"

„Nun mal langsam", verteidigte sich George, „wann hast du das letzte Mal davon gehört, daß die russisch sprechen?"

„Eins zu null für dich", mußte Kirk zugeben. „O.K., wie also sieht dein Schlachtplan aus, wenn diese Russen wieder anrufen?"

„Ich habe keinen", gestand George.

„George", belehrte ihn nun Kirk, „bei den Russen läuft nichts ohne Schlachtplan. Die zermalmen dich glatt und spucken dich wieder aus. Diese Leute sind eiskalt. Bei denen mußt du auf alles gefaßt sein."

„Kriegen wir Schwierigkeiten, wenn wir ihnen unsere Hilfe zusagen?"

„Wir leben in Amerika", antwortete Kirk. „Wenn du jemandem helfen willst, in die USA überzulaufen, wird dich niemand daran hindern."

„Gut. Würdest du mir also helfen, einen Schlachtplan auszuarbeiten?"

„Ich?"

„Du hast doch gerade gesagt, daß ich einen brauche."

„Sicher, aber mein Kollege und ich wollten morgen fischen gehen."

„Schade! Aber vielen Dank für deine Auskunft. War wirklich nett von dir."

„Wart' mal, George", brummte Kirk.

„Ja?" fragte George hoffnungsvoll.

„Äh, also ... ich helfe euch", versprach Kirk zögernd.

„Du, das find' ich großartig!" rief George freudig überrascht.

„Schon gut", beschwichtigte Kirk, und sein Tonfall wurde gleich wieder sachlich. „Falls der Kerl nochmals anruft, bevor ich bei euch drüben bin – versuche einfach, mehr zu erfahren. Du mußt herausfinden, wo er ist und was er will. Wann das Ganze über die Bühne gehen soll, mußt du ebenfalls wissen. Scheu dich nicht, Fragen zu stellen."

„Alles klar", versicherte George.

„Ich bin in etwa einer Stunde bei euch", fügte Kirk hinzu und sah auf die Uhr.

„Du, das ist wirklich toll von dir!"
„Schon gut. Also, gegen elf Uhr bei euch."

Dem Polizeispezialisten für Raubüberfälle Steve Tilden stand das Wasser im wahrsten Sinne des Wortes bis zum Hals. Er nahm nämlich gerade ein siedend heißes Sprudelbad auf seiner Gartenterrasse in West-Covina. Nur der Kopf, gemütlich auf ein flauschiges Badetuch gestützt, schaute aus dem Wasser heraus. Während er seine Beine zur Entspannung leicht massierte, erholte er sich zusehends von den Strapazen und Sorgen der vergangenen Tage.

Er hatte eine anstrengende Woche hinter sich. Vor allem der Donnerstag war schlimm gewesen, als sie das „Dynamische Duo", ein berüchtigtes Gangsterpärchen, verhafteten, das seit mehr als fünf Monaten die Ladenbesitzer mit einer Serie von brutalen Überfällen am hellichten Tag in Schrecken versetzt hatte.

Tilden und sein Kollege, der Kriminalbeamte Kirk Harper, hatten am Donnerstag nachmittag einsatzbereit in einem kleinen Gemüseladen am West-Jefferson-Platz auf das Duo gewartet, als ihnen die beiden, wild mit Schrotflinten herumfuchtelnd, in die Falle gingen. Lautlos waren die beiden Polizisten plötzlich aus ihrem Versteck hervorgeschnellt.

„Polizei! Hände hoch!" rief Tilden und richtete seine 38er auf das junge Paar.

Der Mann ließ seine Waffe fallen, hielt die Hände hoch und machte fast in die Hosen.

Seine blonde Frau dagegen zeigte keine Furcht. Mit trotzigem Gesicht stand sie da und starrte Tilden an. Die Mündung ihrer kurzen Schrotflinte war drohend auf seinen Bauch gerichtet. Tilden stand kampfbereit mit vorgestreckten Armen da und zielte mit seiner Pistole direkt auf ihre blauen Augen. Sie standen nur wenige Meter auseinander. Er wußte, er würde auf diese Distanz haargenau treffen. Es war ihm aber auch ganz klar, daß ein Schuß aus dieser Nähe ihn zerfetzen mußte.

„Lassen Sie die Waffe fallen!" befahl Tilden, während er sorgfältig auf sie zielte und ihr dabei fest in die Augen sah.

„Halt dein Maul, du Schwein!" gab sie zurück. Man merkte an ihrer Stimme, daß sie voller Drogen war.

Der junge Mann neben ihr hielt die Hände weiter hoch und begann zu heulen.

„Schieß!“ bellte Harper, der neben Tilden stand und den Mann in Schach hielt.

Tilden kam es vor, als würde die Zeit stillstehen. Es war ihm bewußt, daß eine kleine Bewegung mit dem Finger über sein und auch ihr Leben entscheiden konnte. Als Polizist hatte er schon mehrmals solch todernste Situationen erlebt. Einmal hatte er dabei einen Mann getötet. Doch diesmal stand er vor einer Frau, die ihn mit ihren blonden Haaren und blauen Augen an seine Tochter Susanne erinnerte. Obwohl er wußte, daß es ihm das Leben kosten konnte, brachte er es nicht fertig, sie zu töten. „Lassen Sie die Waffe fallen!“ befahl ihr Tilden zum zweiten Mal. Er rief es beinahe bittend.

Die Stille im Laden war unerträglich, die Spannung nervtötend. Dann drückte die Frau plötzlich ab. Als Tilden das harte Klicken des Metalls hörte, verzog er das Gesicht, und es schauderte ihn. Doch der erwartete, zerreißende Schmerz blieb aus. Ihre Schrotflinte hatte versagt.

Mit einem Satz sprang Tilden auf das Mädchen zu, riß ihr das Gewehr aus der Hand und schlug sie mit einem Hieb nieder. Sie lag da wie eine zerbrochene Puppe.

Tilden stand rauchend vor dem Laden und versuchte, seine Ruhe wiederzugewinnen. Die Straße vor dem Geschäft war nun voll von Dienstwagen der Polizei. Von überall her hörte man verzerrte Stimmen aus Funkgeräten.

„He, Old Shatterhand!“ rief Harper und hielt ihm lächelnd die offene Hand hin. Darin lag eine rote Gewehrpatrone mit einem Hülsenboden aus Messing. „Sieh dir das an!“

Tilden nahm die Patrone. Sie war unbeschädigt. Er drehte sie um und betrachtete den Hülsenboden. Eine winzige Beule am Zündhütchen von der Größe einer Bleistiftspitze zeigte die Stelle an, wo sich der Zündstift eingeklemmt hatte.

„Das war heute nicht gerade dein bester Tag“, spöttelte Harper.

„Nein, wahrscheinlich nicht“, preßte Tilden hervor. Sein Mund war trocken und sein Hals wie zugeschnürt.

„Du hättest dieses Weibsbild erschießen sollen“, meinte Harper ernst und ging davon.

Tilden konnte in der Nacht zum Freitag nicht einschlafen. Als er lange nach Mitternacht noch immer wachlag, schaltete sich plötzlich die Klimaanlage ein, und für einen kurzen, aber schrecklichen Moment hörte Tilden das Klicken des Gewehrs vom Nachmittag.

Als er um fünf Uhr früh aufstand, war das Bettlaken schweißdurchnäßt. Doch jetzt, im erholsamen, heißen Bad, verblaßten die schlimmen Erinnerungen. Vorhin hatte er mit Terry, seiner Freundin, zu Abend gegessen. Sie hatte bemerkt, daß er sehr still war.

Es war sonst nicht Steve Tildens Art, still zu sein. Seine Freunde kannten ihn als hundertprozentigen Optimisten. Er war ein aufgeschlossener, aktiver und fröhlicher Mensch, der gern unter Menschen war und das Leben genoß. Bei den „Copper Creek", einer Western-Folkgruppe der Polizei, spielte er Banjo. Steve Tilden war wirklich alles andere als ein stiller Mensch. Doch seit diesem metallenen Klicken am Donnerstag war er irgendwie besonnener, nachdenklicher geworden. Nachdem er dem Tod so direkt gegenübergestanden war, hatte er in der schlaflosen Nacht zum Freitag darüber nachgedacht, wie sein Leben ausgesehen hätte, wenn es um zwei Uhr nachmittags vorüber gewesen wäre. Er dachte an seine Flamme aus der High-School-Zeit, die später seine Frau geworden war und ihm Zwillingstöchter und danach zwei Söhne geschenkt hatte. Alle vier waren schon keine Kinder mehr, führten ein selbständiges Leben und schmiedeten ihre eigenen Pläne. Und die High-School-Romanze hatte schließlich in einer Scheidung geendet. Die Zeit war schnell vergangen, und plötzlich war nun auch der Tod ganz in die Nähe gerückt. Er wußte, daß sein Leben nie mehr so sein würde wie früher. Er hätte sich nicht als religiös bezeichnet, aber er hatte begriffen, daß ihm das Schicksal eine zweite Chance gegeben hatte. Er fragte sich nur weshalb. Welche Aufgabe würde er noch zu erfüllen haben? Er hoffte, daß er sie erkennen würde, wenn es soweit war. Doch dann, im erholsamen, heißen Sprudelbad, dachte er wieder, daß er vielleicht einfach einmal mehr Glück gehabt hatte. Er war kurz vor dem Einschlafen, als die Pumpe aussetzte. Das Wasser sprudelte noch einmal kurz auf und blieb dann ruhig.

„Mensch!" rief Harper von der Verandatreppe her und hielt den Stecker in der Hand. „Du liegst da drin wie ein toter Fisch."

„Mach, daß du wegkommst, oder ich rufe die Polizei!" warnte ihn Tilden.

„Ich *bin* die Polizei“, konterte Harper. „Mach schon, steig in die Hosen! Wir müssen uns um zwei Überläufer kümmern.“

„Überläufer?“ fragte Tilden aus dem heißen Bad.

„Ja, Überläufer“, erklärte Harper, „weil nämlich zwei russische Stars des Bolschoiballetts sich gerne in einem amerikanischen Vorstädtchen niederlassen möchten.“

„Du hältst mich wohl zum Narren?“ fragte Tilden und griff nach dem Badetuch.

„Ich nehme doch meinen Kollegen nicht auf den Arm“, erwiderte Harper.

Tilden kletterte aus dem Bad. „Es ist Freitagabend. Werden bei solchen Affären die Überstunden eigentlich auch bezahlt?“

4

In bester Absicht

„Was für ein Typ ist denn dein Schwager?“ fragte Tilden Harper, als sie mit dem Datsun von Pomona her auf der Schnellstraße nach Norden fuhren.

„Ist ein ulkiger Kerl“, antwortete Harper. Er schaltete in den fünften Gang und raste weiter in Richtung Highland-Park.

Wenige Minuten später hielten sie vor dem Häuschen der Rollins. Tilden sah sich die Umgebung etwas näher an: Doppelhäuser und unscheinbare Fertighäuschen reihten sich aneinander, ältere Mittelklassewagen und kleine Lieferwagen säumten die verlassenen Straßen. Es war schon beinahe elf Uhr. Neben dem Haus der Rollins bemerkte Tilden Georges Lastwagen. „Was macht George eigentlich beruflich?“ fragte er.

„Er verkauft Gemüse“, antwortete Harper, während er den Motor abstellte.

Tilden blickte ungläubig zu Harper hinüber: „Und der will zwei russischen Ballettänzern helfen, in die USA abzuspringen?“

„So was gibt's nur in Amerika, wie?“ grinste Harper.

Über der Haustür brannte eine nackte Glühbirne. Harper und Tilden gingen durch das Vorgärtchen zum Haus. Ein Hund aus der Nachbarschaft kündigte sie mit seinem Gebell an, so daß George Rollins ihnen lächelnd öffnete, bevor sie überhaupt geklingelt hatten. „Hat er schon angerufen?“ wollte Harper sofort wissen.

„Noch nicht“, antwortete George und bat sie mit einer einladenden Geste herein.

Kirk ging voraus. „Hallo, Sascha!“ begrüßte er seine Schwägerin und mahnte spöttisch: „Das nächste Mal, wenn du deinen Einkaufsbummel machst, sprichst du aber nicht mehr mit Fremden!“

Tilden stand immer noch in der Tür und gab George die Hand: „Guten Abend. Ich bin Steve Tilden, Kirks Kollege."

„Freut mich, Sie kennenzulernen", gab George freundlich zurück. „Und herzlich willkommen!"

Sie setzten sich alle ins Wohnzimmer und plauderte über dies und das, während sie auf den Anruf warteten. Kirk beklagte sich wie üblich, weil George kein Bier im Haus hatte. George sei einfach kein richtiger Amerikaner, spöttelte er. Sascha brachte Tee und Kekse. Tilden und George verstanden sich auf Anhieb und unterhielten sich über Bärte – Steve hatte während seiner Zeit als Drogenfahnder auch einen Bart getragen – Lastautos, das Fischen und die Wirtschaftslage. Sie warteten nun schon über eine Stunde.

Als Tilden erwähnte, daß er mit Kollegen von der Polizei in der Gruppe „Copper Creek" Westernmusik spielte, erinnerte sich George an seine Gitarre, die er zuhinterst in einem Wandschrank verstaut hatte.

Doch Sascha wandte ein: „Steve interessiert sich bestimmt nicht für deine alte Gitarre."

„Oh doch, tu ich", erwiderte Tilden.

Erfreut ging George auf die Suche nach seiner Gitarre und kam fünf Minuten später mit ihr ins Wohnzimmer zurück. „Sie ist wahrscheinlich etwas verstimmt", bemerkte er und fragte Tilden: „Spielst du auch Gitarre?"

„Ja – ist mir in die Wiege gelegt worden", antwortete Tilden lachend. Er nahm die Gitarre, um sie zu stimmen. Als er zum ersten Mal über die Saiten strich, kamen nur klägliche Töne. Aber er hatte ein feines Gehör und brachte Saite um Saite wieder in die richtige Tonlage. Dann begann er das Lied „Michael Row the Boat Ashore". George sang beim Refrain mit.

Ein Lied folgte auf das andere, und schon bald wurde mit Sascha aus dem Duo ein Trio. Harper schien das gemütliche Singen etwas peinlich zu sein, doch insgeheim wippte er mit der Fußspitze gelegentlich den Takt.

Nach ein paar Liedern reichte Tilden die Gitarre an George weiter. „Du bist dran."

George spielte den Anfangsakkord eines Liedes. „Wollen wir das mal probieren: ‚He's Got the Whole World in His Hand'?" Er begann zu singen, und auch Steve und Sascha setzten ein.

Später folgten noch „He's My Rock, My Sword, My Shield" und „Amazing Grace". Sie hatten gerade die zweite Strophe von „Amazing Grace" angefangen, als das Telefon klingelte. Die drei waren sofort still. George legte schnell die Gitarre beiseite. Es wahr zehn vor eins. „Wenn ihr noch länger gesungen hättet, wäre ich mit dem Hut rumgegangen", meinte Kirk mit einem leicht spöttischen Lächeln.

Es klingelte ein zweites Mal. George sah seine Frau an und sagte: „Sascha, geh du ran!"

Die drei Männer standen alle um Sascha herum, die sich auf einen Stuhl neben das Telefon gesetzt hatte. Es schrillte zum dritten Mal. „Nimm ab!" befahl Kirk drängend.

Sascha nahm den Hörer von der Gabel. Sie spürte, wie ihr Herz heftiger schlug. „Hallo?"

„Sascha?" fragte der Anrufer. Sascha erkannte die Stimme des russischen Anrufers von vorher.

„Da", antwortete sie, „am Apparat."

George, Kirk und Tilden lauschten auf die tiefe russische Stimme, während Sascha sich mit dem Anrufer unterhielt. Er redete hastig, Sascha hörte meistens nur zu und zeigte hin und wieder mit einem „Da" an, daß sie verstanden hatte. Dann wurde es still in der Leitung, und sie legte langsam wieder auf.

„Und?" fragte Harper ungeduldig.

„Er wollte nicht sagen, wer er ist", begann Sascha, „er sagte nur, er sei ein Freund."

„Und wenn er lügt?" dachte Kirk laut.

„Erzähl weiter!" drängte Tilden.

„Sie haben einen Plan. Morgen um elf Uhr früh verlassen Leonid Koslow und Valentina das University-Hilton..."

„Wo ist das?" unterbrach George.

„An der Kreuzung Figueroa-, Exposition-Street", antwortete Kirk.

„Sie werden den Exposition-Boulevard in Richtung Westen nehmen und dann in der Figueroa südwärts zum County-Museum gehen. Wenn sie allein sind, könnt ihr sie mitnehmen."

„Ist das alles?" fragte Tilden.

„Ein Kinderspiel", kommentierte Kirk strahlend.

„Eigentlich dachte ich, es wäre komplizierter", sinnierte George.

„Das wird es vielleicht auch“, warf Sascha an, „der Mann sagte, es wimmele beim Hotel von KGB-Agenten, die gefährlich werden könnten.“

„Sind sie befugt, Waffen zu tragen?“ wandte sich Tilden fragend an Kirk.

„Wen kümmert's“, antwortete Harper, „Hauptsache, wir sind's!“

„Mein Kleinbus wäre gut geeignet“, schlug Tilden vor. „Der hat eine Seitentür. Da könnten wir die beiden gut 'reinnehmen.“

„O.K.!“ stimmte Kirk zu und blickte auf seine Armbanduhr. Tilden sah ebenfalls auf seine, während George eine silberne Taschenuhr hervorzog und sie aufklappte. „Jetzt haben wir sechs Minuten nach eins“, stellte Kirk fest, und die anderen richteten ihre Uhren. „Wir treffen uns hier um Punkt sieben Uhr.“

„Ich bin um sechs bei dir und nehm' dich mit“, sagte Tilden zu Kirk. „Sieh zu, daß du dann fertig bist.“

„Werd' ich“, versicherte Kirk. Sie wünschten einander schnell gute Nacht, und Sascha und George begleiteten die beiden Männer hinaus.

„He!“ rief George hinter den zwei Polizisten her, die auf ihren Wagen zuliefen. „Was machen wir mit den beiden, wenn wir sie haben?“

Am Samstag morgen kurz nach neun Uhr – der Himmel verhieß einen hellen, sonnigen Tag – hielt hinter „Kline's Chevron-Tankstelle“ gegenüber dem hoch aufragenden University-Hilton ein unauffälliger, weißer Kleinbus. Ein nervöser George Rollins, Kirk Harper und Steve Tilden saßen darin. Alle drei waren unauffällig und salopp gekleidet. Sie wählten ihren Parkplatz sorgfältig an der Ecke der Tankstelle. Vor dort aus konnten sie den Vordereingang des Hotels gut übersehen. Nun machten sie es sich bequem, ausgerüstet mit einer Tüte Berliner und einem Feldstecher.

Kirk ging als erster auf Beobachtungsposten. Er setzte sich ans Rückfenster des Wagens, dessen Vorhänge ihn vor Blicken von außen schützten, stellte das Fernglas scharf und überwachte die Vorderseite des Hotels.

„Weiß von euch überhaupt jemand, woran man einen Genossen erkennen kann?“ fragte er, während er eine Frau im Blickfeld behielt, die soeben mit einem Hund an der Leine die Hotelhalle verlassen hatte.

„Klar, die haben so 'ne rötliche Färbung und neigen sich beim Gehen etwas nach links", antwortete Tilden mit vollem Mund.

„Sascha sagte, Valentina sei schlank und blond", erklärte George, „und ihr Mann groß mit pechschwarzem Haar."

„Mach dir keine Sorgen, Kirk", lachte Tilden, „die können wir nicht verpassen, weil sie bestimmt auf Zehenspitzen davontänzeln werden."

Sie aßen ihre Berliner, tranken eine Thermosflasche schwarzen Kaffee und warteten.

„Glaubst du wirklich, daß die vom KGB Waffen tragen?" fragte George Kirk nach einer Weile. Die Sonne kletterte höher am Himmel, und in dem kleinen Fahrzeug wurde es immer wärmer.

Kirk zuckte mit den Achseln und meinte: „Schon möglich bei Sowjetagenten. Aber mach' dir deswegen keine Sorgen. Wir sind hier in Los Angeles und nicht in Moskau. Wir haben Heimvorteil, weil hier unsere Spielregeln gelten."

Plötzlich wurde der Bus von einem heftigen Faustschlag erschüttert, und kurz darauf erschien vor dem offenen Fenster auf der Fahrerseite ein stämmiger Schwarzer mit vernarbtem Gesicht und breitem Nacken.

„He!" rief er verärgert. „Das ist hier kein Parkplatz für perverses Volk. Wenn ihr in eurem Wagen herumknutschen wollt, versucht es mal in Hollywood, aber nicht hier!"

Kirk erhob sich langsam vom Boden des Wagens, der mit Teppich ausgelegt war, und zog seinen Dienstausweis aus der Gesäßtasche. Er klappte ihn auf und hielt dem Mann die golden und silbern glänzende Plakette mit der Aufschrift „Los Angeles Police Detective" unter die Nase. „Wie geht's denn heute so?" fragte er mit einem Lächeln.

Das Gesicht des Schwarzen wurde schlagartig freundlich. „Gut, Officer, und Ihnen?"

„Auch gut, danke", antwortete Kirk. „Wir fahren in etwa einer Stunde wieder weg."

„Lassen Sie sich nur Zeit. Ich wußte ja nicht, wer hier hinten ist, Sie verstehen?" Der Schwarze winkte mit einem öligen Lappen und schlenderte davon.

Um 10.30 Uhr war George an der Reihe, sich mit dem Feldstecher ans Fenster zu setzen. Er fühlte sich wie ein echter Geheimagent, als er die ahnungslosen Menschen, die den Hoteleingang passierten, beobachtete. Weil es Samstagmorgen war, gab es nicht gerade viel zu sehen. Doch George empfand solch eine Spannung, daß er jeden Muskel seines Körpers spürte. Er sah in jedem Mann, der ein Jackett trug, einen KGB-Agenten. Mit dem Fernglas suchte er nach verdächtigen Anzeichen, die auf eine versteckte Pistole oder Maschinenpistole schließen ließen.

„Witterst du was?" fragte Tilden, der auf dem Boden des Wagens saß.

„Alles ruhig", antwortete George im Ton eines Profis, den Feldstecher ständig an den Augen.

Um 10.45 bezog Tilden seinen Posten hinter dem Steuerrad.

Kirk saß in der Nähe der Tür. Sie hatten sich darauf geeinigt, daß Tilden fuhr, während Kirk und George die Seitentür öffnen und das russische Paar in den Wagen ziehen sollten. Wenn alles gutginge, würde das Ganze nur wenige Sekunden dauern.

Es war genau 10.55 Uhr, als George einen großen, schlanken Mann und eine attraktive, blonde Frau aus dem Hotel kommen sah. „Da sind sie!" stieß er hervor.

Tilden und Kirk reagierten sofort. „Die sind aber früh dran", wunderte sich Kirk mit einem Blick auf seine Uhr.

„In Rußland machen sie halt billige Uhren", schlug Tilden als Erklärung vor.

„Wie sind sie angezogen?" fragte Kirk, während George das Paar unablässig beobachtete.

„Jetzt gehen sie die Treppen vom Eingang zur Straße runter", kommentierte George. „Sie tragen grüne Jogginganzüge, schön Ton in Ton, und Turnschuhe."

Tilden drehte den Zündschlüssel. Doch der Anlasser versagte.

„Sie biegen nach Westen in die Exposition ab", Georges Stimme klang aufgeregt.

„Mach schon", brummte Kirk, zu Tilden gewandt.

Tilden drückte aufs Gaspedal und betätigte wieder die Zündung. Der Motor begann zu stottern – und verstummte.

„Du hast ihn absaufen lassen", meinte Kirk vorwurfsvoll.

„Halt die Klappe!" befahl Tilden und versuchte es erneut.

„Ich hab' sie aus den Augen verloren!" rief George, als das Paar hinter der Tankstelle verschwunden war.

Der Motor des Kleinbusses stotterte wieder. „Komm schon!" flehte Tilden und drehte den Schlüssel nochmals kräftig herum. Endlich hatte der Motor gezündet und lief an.

Tilden fuhr vor die Tankstelle. Kirk und George drückten sich am Seitenfenster beinahe die Nasen platt. „Dort sind sie", flüsterte Tilden, als er das Paar entdeckte, das gerade die Kreuzung Exposition-, Figueroa-Street überquerte. „Nun sollen sie einfach in Richtung Süden weiterspazieren", fügte er fast wie ein Stoßgebet hinzu.

Die drei Männer beobachteten, wie die beiden über die große Kreuzung gingen. „Paßt auf, ob ihnen jemand folgt", mahnte Kirk.

Als das Paar endlich an der südwestlichen Ecke der Kreuzung angekommen war, wandte es sich nach links und ging die Figueroa in südliche Richtung hinunter. „Sie sind's", rief Tilden und atmete erleichtert auf. Er legte den Gang ein.

Tilden befahl Kirk und George, sich flach auf den Boden zu legen, weil er, um ganz sicher zu gehen, einmal an dem Paar vorbeifahren wollte, das auf dem Gehsteig dahinschlenderte. „Großer, dunkelhaariger Mann, attraktive, blonde Frau", berichtete er hastig, als er an ihnen vorbeipreschte.

„Das sind sie", bestätigte Kirk.

„Die machen das recht cool. Sie haben nicht einmal zu uns hingeschaut", bemerkte Tilden, als er links in die 39. Straße einbog, um wieder zu den beiden zurückzufahren. Jetzt wurde es ernst.

Der weiße Bus pirschte sich an das Paar heran, wie ein Jäger an seine Beute. Die beiden spazierten weiter Arm in Arm in die gleiche Richtung. Sobald sie vom Hotel nicht mehr gesehen werden konnten, sah Tilden im Rückspiegel zu Kirk und George und fragte: „Seid ihr bereit?"

Die beiden Männer kauerten bei der Tür, bereit hinauszuspringen. Kirk wechselte mit George einen raschen Blick. George nickte bestätigend. „Wir sind bereit", bestätigte Kirk.

„Dann also los!" Tilden trat kräftig aufs Gaspedal. Der Bus schoß mit lautem Motorengeheul vorwärts. Die beiden spazierten beinahe einen Häuserblock weiter vorn.

Tilden bremste, daß die Reifen nur so quietschten, und der Wagen hielt neben dem Paar. Bevor die zwei überhaupt reagieren konnten, flog die Seitentür auf. George Rollins und Kirk Harper sprangen heraus, packten sie und stießen sie in das Fahrzeug. „Los!" rief Kirk und warf die Tür zu. Der Wagen raste davon. Sie hatten weniger als acht Sekunden dazu gebraucht.

Die Frau lag bäuchlings auf dem Boden. Der Mann war auf sie gefallen. Er wälzte sich zur Seite und schaute zu George und Kirk hinauf. „Was soll das?" fragte er fassungslos.

„Sei still, Fred!" zischte die Frau, „die bringen uns sonst um."

Kirk sah George an. „Die sprechen aber gut Englisch, was?"

Tilden drosselte das Tempo, strich sich übers Gesicht und schüttelte den Kopf.

„Was wollt ihr?" stammelte der Mann im Jogginganzug. „Ich bin Fred Rogers aus Fort Wayne, und das ist meine Frau, Lorraine. Wir sind hier in den Ferien. Wenn ihr Geld wollt..."

Tilden steuerte um den Häuserblock dorthin zurück, wo sie die beiden eingeladen hatten. Er lenkte den Wagen an den Straßenrand, hielt an, und Kirk öffnete die Tür. „Ihr könnt gehen."

Das Paar aus Fort Wayne sah sich verdutzt an. „Ist das alles? Wir können gehen?" fragte die Frau.

„Ihr könnt gehen", bestätigte Kirk trocken und zeigte auf die offene Tür.

„Geh schon, Lorraine!" drängte der Mann.

Als das Paar aus dem Wagen kletterte, sagte Kirk: „Weiterhin schöne Ferien in Los Angeles!" Tilden trat aufs Gas, und der Wagen raste davon.

Die zwei standen noch immer starr vor Schreck und sahen dem Wagen nach. Dann blickte der Mann seine Frau an und meinte: „Ich hab's dir ja gesagt, Lorraine, Los Angeles ist voll von Verrückten!"

5

Zweiter Anlauf

Auf der Rückfahrt zum Haus der Rollins' in der Highland-Park-Street sprach keiner ein Wort. Alle drei kamen sich idiotisch vor und waren deprimiert. Sie hatten die Chance, zwei Menschen zur Freiheit zu verhelfen, gründlich verpatzt. Was würde das russische Paar wohl denken? Glaubten sie vielleicht, Amerikaner seien Feiglinge, die nicht helfen wollten? Hatte das KGB womöglich den mißlungenen Versuch beobachtet und ihre Absicht durchschaut? Dann wären die beiden Russen jetzt in großen Schwierigkeiten. Der Heldenmut und die Abenteuerlust, mit denen die drei Männer zum University-Hilton gefahren waren, hatte dem bitteren, peinlichen Gefühl einer totalen Niederlage Platz gemacht.

Sascha wartete bereits auf die Männer, die jetzt mit ernsten Gesichtern zur Tür hereinkamen. „Er hat eine Stunde, nachdem ihr weg wart, angerufen."

„Wer hat angerufen?" fragte George.

„Der Russe", erklärte Sascha. „Ich wußte nicht, wie ich euch hätte verständigen können."

„Kannst du dich nicht etwas klarer ausdrücken?" meinte George leicht verärgert.

„Er sagte, elf Uhr sei ungünstig", erklärte sie den Männern.

„So kann man's auch sagen", bemerkte Kirk sarkastisch.

„Er sagte, sie würden es Sonntag abend nochmals versuchen", fügte Sascha hinzu.

„Dann wären sie also heute gar nicht gekommen?" fragte Tilden.

„Nein, es war ihnen nicht möglich", antwortete Sascha, „sie hatten eine Probe oder sowas."

Als die drei Männer langsam begriffen, daß sie durch den Mißerfolg von vorhin lediglich sich selbst für eine kurze Zeit in eine peinliche Situation gebracht hatten, verflog ihre niedergedrückte Stimmung ein wenig. Aber es war keinem danach zumute, Sascha von dem Reinfall zu erzählen.

Sascha hatte das Mittagessen bereitgestellt und ging den Männern nun voran in die Küche. Es roch ausgezeichnet nach Gemüsesuppe. „Nehmt doch Platz", bat sie, nahm die Teller vom Tisch, trug sie zum Herd und füllte sie bis zum Rand.

„Toll!" meinte Tilden lächelnd, als er an der dampfenden Suppe schnupperte. „Das entschädigt uns etwas für diesen nicht gerade erfolgreichen Morgen."

„Ich hatte mir doch fast gedacht, daß es Gemüsesuppe gibt", bemerkte Kirk, als Sascha ihm den Teller reichte.

„Wo ist Kim?" fragte George, dem nun auffiel, daß sein Töchterchen nicht da war.

„Opa ist vorbeigekommen und hat sie mitgenommen", antwortete Sascha und setzte sich ihrem Mann gegenüber.

„Du hast deiner Mutter aber nichts von dieser Geschichte erzählt?" fragte er.

„Was glaubst du eigentlich? Sie würde sofort die Nationalgarde alarmieren. Nein, ich habe kein Wort davon gesagt."

„Gut! Dann wollen wir dem Herrn für das Essen danken."

Sascha und Tilden neigten wie George den Kopf. Kirk machte es ihnen zögernd nach.

George betete ganz ungezwungen: „Herr, wir danken dir für das Essen, das du uns täglich schenkst, und wir bitten dich, es zu segnen. Wir danken dir auch für die Gelegenheit, die du uns gibst, Leonid und Valentina zu helfen. Wir bitten dich um deinen Segen und deine Führung... Amen."

„Steve", stöhnte Kirk und blickte zu Tilden, „verrat bloß niemandem im Büro, daß mein Schwager für Russen betet."

„Der Mann meint also, wir sollen es Sonntag abend nochmals versuchen?" fragte George seine Frau.

Sascha nickte. „Er sagte, er würde für die Abendvorstellung Karten an der Kasse zurücklegen lassen... für Herrn und Frau Rollins. Wenn sie abgeholt werden, weiß die Kontaktperson, daß der Plan funktioniert und nach der Vorstellung ein Wagen in der Straße hinter dem ‚Shrine' bereitsteht."

„Wie wissen sie aber, welcher Wagen es ist?“ wunderte sich Kirk.

„Der Mann am Telefon erklärte, er würde sich mir zu erkennen geben, indem er mich fragt, wieviel Uhr es in Moskau ist“, antwortete Sascha. „Dann sage ich ihm, welches Auto es ist.“

Es wurde still am Tisch, als die vier den Plan überdachten. Dann fuhr Sascha fort: „Er meinte, daß die Vorstellung am Sonntag abend mit einem langen Applaus enden werde, weil es der Schlußabend der Tournee ist.“

„Und wo sind unsere zwei Möchtegern-Überläufer in der Zeit?“ wollte Kirk nun wissen.

„Auf der Bühne“, antwortete Sascha. „Sie sind ja die Stars der Vorstellung.“

„Was? Auf der Bühne?“ rief Tilden ungläubig.

„Wie kommen sie denn von der Bühne auf die Straße?“ fragte George.

„Der Mann erklärte, es gebe auf der Ostseite der Bühne einen Notausgang. Bloß …“, fuhr sie zögernd fort, „… vor der Vorstellung muß noch jemand die Alarmanlage ausschalten.“

Die drei Männer wechselten sorgenvolle Blicke.

„Kein Wunder, daß wir zuerst essen sollten, bevor sie das sagte“, bemerkte Kirk. „Das war sozusagen unsere Henkersmahlzeit.“

„Also, ich weiß nicht recht …“, meinte George zweifelnd. Ihm erschien das Ganze allmählich immer grotesker. Der erste Versuch war ein Reinfall gewesen. Und der zweite sollte noch viel komplizierter werden. Was würde sein, wenn der auch schiefginge? Würden sie dadurch schwerwiegende internationale Komplikationen heraufbeschwören?

„Wie kommen wir nur dort rein?“ überlegte Tilden. „Wir wissen, daß das KGB und das FBI auch dort sind, ebenso die Kollegen von der Stadtpolizei und vom Geheimdienst. Da können wir doch nicht einfach so hineinspazieren. Und wenn wir es trotzdem tun und etwas schiefläuft, werden wir gefeuert … dabei habe ich meinen Wagen noch gar nicht bezahlt.“

„Vielleicht sollten wir das FBI verständigen“, schlug George vor.

Tilden und Harper wechselten einen bedeutungsvollen Blick.

„Wenn wir die *F*lache-*B*irnen-*I*nspektoren verständigen“, erwiderte Harper, „halten die zwei Tage lang nichts als Sitzungen ab und senden endlose Memos nach Washington.“

Tilden nickte. „Bis die eine Entscheidung gefällt haben, sind die Russen längst auf und davon. Wir haben nur noch etwas mehr als vierundzwanzig Stunden Zeit."

„Also, was machen wir dann?" fragte George unternehmungslustig.

Am späteren Samstag nachmittag fuhren die Feuerwehrinspektoren Harper und Tilden zum Shrine-Auditorium. Beide trugen Anzug und Krawatte und hatten einen sehr amtlich wirkenden Schreibblock bei sich. Sie verfügten lediglich über einen Feuerwehrausweis, den Tilden von seinem Nachbarn ausgeliehen hatte; und der galt nicht einmal für die Innenstadt, sondern nur für den Außenbezirk. Er hatte seinem Nachbarn versprochen, wenn man ihn erwischen sollte, würde er vorgeben, er hätte den Ausweis gestohlen.

Tilden fuhr einen zivilen Polizeidienstwagen, den sie sich bei der Wilshire-Division geholt hatten. Harper saß auf dem Beifahrersitz. „Ich frage mich, wie viele grüne Plymouths die in der Feuerwehr haben", bemerkte er, während Tilden auf den Platz vor dem Auditorium zusteuerte.

„Mindestens einen, hoffe ich", antwortete Tilden, als sie gerade an einem Streifenwagen, der auf dem Bürgersteig geparkt war, vorbeifuhren. Zwei Beamte in Uniform sahen zu ihnen hinüber. Kirk winkte ihnen zu und lächelte. Doch die beiden erwiderten den Gruß nicht. „Stadtpolizei?" fragte Harper.

„Wahrscheinlich", gab Tilden zur Antwort.

Um den Platz hatten sich drei weitere Streifenwagen und drei Polizisten auf Motorrädern postiert. Direkt vor dem Haupteingang zum Auditorium waren gutgekleidete, aber militant wirkende Demonstranten der Jüdischen Liga aufmarschiert. Sie trugen Protestspruchbänder und Plakate mit sich: „Freiheit für die Juden in der Sowjetunion", „Behaltet das Bolschoi, gebt uns die Juden aus euren Gefängnissen", „Die Menschenrechte gelten auch für die Juden in der UdSSR". Eine Reihe kräftiger, uniformierter Sicherheitsposten stand vor den Glastüren.

Harper betrachtete den Aufmarsch an Polizei und Wachleuten und meinte: „Alles nur, um diese armen Russen zu beschützen."

Um dem Täuschungsmanöver noch mehr Überzeugung zu verleihen, fuhr Tilden direkt vor die Absperrung beim Haupteingang und parkte dort. Er stellte den Motor ab und wandte sich an Harper: „Gewehr bei Fuß?“

„Wo bleiben nur Georges Gebete?“ fragte Harper mit sorgenvollem Gesicht.

„Ich kann sie hören“, gab Tilden lächelnd zur Antwort und öffnete die Tür.

Die Demonstranten gaben den Weg frei für die zwei amtlich wirkenden Männer. Tilden und Harper gingen wortlos an ihnen vorüber. Als sie die Postenkette erreichten, öffnete ihnen einer der Sicherheitsbeamten wie selbstverständlich die Glastür. Tilden nickte dem Mann ein Dankeschön zu.

In der Halle war FBI-Spezialagent Daniels im Einsatz. Der vierunddreißigjährige Daniels, der an der Duke University den Abschluß als Wirtschaftsspezialist gemacht hatte, war eigentlich in der Hauptstadt Washington stationiert. Doch seine Sondereinheit hatte den Auftrag erhalten, die Bolschoimitglieder auf ihrer Tournee durch die USA zu begleiten.

Während der ganzen drei Monate war das Ballett von der allgegenwärtigen Jüdischen Liga geradezu belagert worden. Ihre Anhänger waren unberechenbar und radikal. Daniels hatte absolut nichts für sie übrig. Seiner Ansicht nach sollten Kunst und Kultur nicht für politische Zwecke herhalten müssen. Darüber hinaus schadete die Liga, die das Bolschoi belästigte, dem Ruf Amerikas.

In seiner Jackettasche bewahrte Daniels ein Papier des Justizministeriums auf, in dem es deutlich hieß, es sei Präsident Carter sehr daran gelegen, daß die Tournee des Bolschoiballetts reibungslos verlaufe. Unliebsame Zwischenfälle könnten sich unter Umständen nachteilig auf die gegenwärtig recht entspannten Beziehungen zwischen den beiden Ländern auswirken. Die zuständigen Stellen und Beamten wurden deshalb angewiesen, ihren Auftrag mit größter Sorgfalt und Umsicht auszuführen, damit die Sicherheit der Sowjetbürger auf amerikanischem Boden gewährleistet war. Daniels, mit Leib und Seele Beamter und Amerikaner, war deshalb fest entschlossen, seine Pflicht zu erfüllen.

Spezialagent Daniels hatte Tilden und Harper sofort bemerkt, als sie in die Halle kamen. Er hatte den Eindruck, daß die beiden gut von der Ortspolizei sein könnten. Der kleinere, dunkelhaarige Mann sah aus, als ob er etwas brutal wäre. Er wollte sich deshalb an den größeren wenden. Er sprach unauffällig in das Funkgerät in der Innentasche seines Jacketts: „Kommandoposten, hier ist Delta-King-Eleven. In der Halle befinden sich jetzt zwei männliche Weiße, wahrscheinlich Beamte der örtlichen Polizei. Bleiben Sie dran." Daniels ging auf die beiden Männer zu.

Tilden und Harper hatten Daniels ebenfalls gesichtet und als KGB oder FBI eingestuft, doch sie ignorierten ihn einfach und bewegten sich auf den Eingang zum Hauptsaal des Auditoriums zu. Daniels beeilte sich, um ihnen den Weg abzuschneiden. „Kann ich Ihnen helfen?" rief er, um sie zum Stehenbleiben zu zwingen.

Die Männer warteten. Daniels ging auf sie zu. „Wer sind Sie?" fragte Harper, als Daniels gerade zum Sprechen ansetzen wollte.

Daniels griff in die Tasche und zog schnell seinen Ausweis hervor. „Daniels, FBI", antwortete er in routiniertem, amtlichen Ton.

Tilden zog jetzt aus seinem Jackett die Feuerwehrplakette hervor. „Tilden und Harper von der Stadtfeuerwehr, Abteilung Sicherheitsinspektion in öffentlichen Gebäuden." Er zeigte den Ausweis nur für einen kurzen Moment, so daß Daniels außer den Wörtern in Silber „Fire Department" nichts lesen konnte, doch es genügte dem FBI-Agenten. Daniels war überzeugt, daß sich die Männer korrekt ausgewiesen hatten.

„Was haben Sie vor, meine Herren?" fragte Daniels, während er sein kleines Funkgerät so zurechtrückte, daß der Kommandoposten das Gespräch mitverfolgen konnte. Wenn nötig, würde er über den Kopfhörer weitere Informationen oder Anweisungen erhalten.

„Wir sind hier, um die vierteljährliche Sicherheits- und Notausgang-Inspektion vorzunehmen", antwortete Harper.

In der zweiten Etage des Hotel-Verwaltungsgebäudes, wo das FBI seinen Kommandoposten eingerichtet hatte, wandte sich der Beamte am Funkgerät zu seinem Kollegen: „Sehen Sie nach, ob wir etwas über vierteljährliche Inspektionen der Feuerwehr von Los Angeles wissen."

Daniels zog einen Computerausdruck aus seiner Jackentasche und faltete ihn auseinander. Er überflog das Papier. Tilden und Harper wechselten einen kurzen, besorgten Blick. Tildens Mund war völlig ausgetrocknet. „Es ist mir nicht bekannt, daß für heute irgendwelche Inspektionen bewilligt sind."

Harper sah Tilden an und meinte verächtlich: „Ist denn das die

Möglichkeit! Dasselbe passierte, als der russische Zirkus 1972 hier war."

Tilden nickte zustimmend und sagte zu Daniels gewandt: „Ich habe das FBI-Hauptquartier in Westwood vor zwei Wochen persönlich in einem Fernschreiben darüber unterrichtet. Wenn ihr so schlecht organisiert seid, daß unsere Mitteilungen einfach unter den Tisch fallen, ist das euer Problem, nicht unseres."

Dann war Harper an der Reihe. Er nahm seinen Block vor und zückte den Kugelschreiber. „Der Paragraph 31.75 der Feuerwehrverordnung ermächtigt uns, dieses Gebäude wegen Verweigerung der Inspektion für die Öffentlichkeit zu schließen und eine Untersuchung des Falls zu veranlassen. Wenn Sie also wollen, daß ich hinausgehe und das Gebäude versiegele, dann nur zu. Wie schreiben Sie Ihren Namen, Daniels?"

Daniels selbstsichere Haltung schwand sichtlich. „Nur einen Moment bitte", sagte er mit einem – so hoffte er wenigstens – warmen Lächeln. Er wandte sich um und entfernte sich ein paar Schritte von den zwei Männern, um ungestört in sein Funkgerät sprechen zu können. „Hallo, Kommando, können Sie weiterhelfen?"

„Wir haben die Angaben über die Feuerwehr durchgesehen", ertönte die Antwort im Kopfhörer, „aber wir können nichts über irgendeine Inspektion finden."

„Das wäre ja nicht das erste Mal, daß man im Computerzentrum in Westwood wichtige Informationen gelöscht hätte, nicht wahr?" flüsterte Daniels. „Sie haben ja gehört, was die beiden im Blick auf eine Verweigerung der Inspektion gesagt haben. In solchen Dingen sind Feuerwehrleute stur."

„Haben Sie die Ausweise gesehen?"

„Die sind in Ordnung", versicherte Daniels, der die Sache nun gern so schnell wie möglich erledigt haben wollte.

Der Beamte im Kommandoposten war einverstanden. „O.K., lassen Sie die Männer rein, aber verlieren Sie sie nicht aus den Augen."

„Es scheint, daß wir die Bewilligung nun doch noch gefunden haben", meinte Daniels freundlich, als er wieder auf Tilden und Harper zuging. Harpers Stirn glänzte vor Schweiß, doch das entging Daniels. „Also los, beginnen Sie mit dieser..."

„Sicherheits- und Notausgang-Inspektion", half ihm Tilden.

„Genau", erwiderte Daniels.

Sie begannen ihre Scheininspektion im Hauptsaal und wurde dabei von einem anderen FBI-Agenten, den Daniels damit beauftragt hatte, genau beobachtet. Zwanzig Minuten lang zeigten sie reges Interesse an Schläuchen, Notausgangsbeleuchtungen, Sprinklerrohren und Feuerlöschern. Dabei machten sie Notizen, die überzeugend wirken sollten. Schließlich verlor der Agent das Interesse an ihnen und verschwand.

Nun wandten die zwei Männer ihre Aufmerksamkeit den Notausgängen zu. Bevor sie sich denen bei der Bühne näherten, inspizierten sie oberflächlich alle anderen. Sie gingen einen düsteren Flur entlang, der zu den Treppen hinter der Bühne führte.

Von der hohen Decke hingen schwere, prunkvolle Vorhänge auf die Bühne herab. Ein paar Spotlampen sandten ihr spärliches Licht durch den Raum. Tilden war von Ehrfurcht ergriffen, als er über die Bühne ging und seine eigenen Fußtritte hörte. Er blickte um sich und ließ die einmalige Atmosphäre auf sich wirken. Harper kam zu ihm hinüber. „Sieht aus wie auf einem Flugzeugträger."

„Kannst du dir die Talente und Namen vorstellen, die schon auf dieser Bühne gestanden haben?" fragte Tilden seinen Kollegen.

„Nein", antwortete Harper, „überhaupt nicht."

„Barbra Streisand, Bob Dylan, John Denver, Diana Ross, Rod Stewart, Linda Ronstadt..."

„Schon gut, du machst das prima, wie ein alter Showmaster", sagte Harper lachend.

„Mann, wenn diese Mauern reden könnten", schwärmte Tilden. „Wer weiß, wer vielleicht genau hier gestanden hat, wo wir jetzt stehen!"

Doch vielleicht würden die Mauern nicht nur davon erzählen, wer dort schon gestanden, sondern auch, wer dort schon einmal gekniet hatte. Vor dreizehn Jahren nämlich hatte an diesem Ort ein Evangelist – der vielleicht etwas weniger bekannt war als die Stars aus dem Showbusiness – vor jedem seiner Evangelisationsabende gebetet. Er hatte darum gebeten, daß doch diese Bühne, solange es sie gäbe, dem Herrn geweiht sein solle. Selbst die Menschen, die damals dabeigewesen waren, hatten das vergessen. Auch an sein Gebet, der Herr möge an diesem Ort lebensverändernde Wunder geschehen lassen, erinnerte sich niemand mehr. Doch Gott würde nun auf sein Bitten antworten.

„Komm schon!“ Harper sah sich um, ob sie auch wirklich allein waren.

Tilden rührte sich nicht. „Spürst du denn nichts?“ fragte er.

„Was denn?“

„Ich weiß auch nicht“, gab Tilden mit einem Achselzucken zu. Es fehlten ihm die passenden Worte. „Es ist nur so ein Gefühl.“

„Wahrscheinlich ist es der Geist der letzten Weihnacht“, meinte Harper ironisch und kam dabei der Wahrheit näher, als er sich hätte träumen lassen. „Komm jetzt, machen wir Schluß, und dann nichts wie ’raus!“

In der Ostwand der Bühne fanden sie den Notausgang. Ein Schild warnte: „Vorsicht: Nur im Notfall benützen. Das Öffnen der Tür löst Alarm aus.“ Harper stand Wache, während Tilden vor der Tür kniete und die dünnen Drähte suchte, die von der Türklinke zur Wand führten. Er fand sie schließlich hinter dem langen, glatten Türgriff. Er sah zu Harper hin, weil er wissen wollte, ob die Luft auch wirklich rein war, und machte sich dann mit seinem Taschenmesser an die Arbeit.

Tilden entfernte die Isolation und zog die beiden dünnen Drähte etwas von dem Hohlgriff. Er schickte ein Stoßgebet zum Himmel, daß der Alarm nicht losgehen möge, und schnitt dann mit einer Grimasse die zwei Drähtchen durch. Der Alarm blieb aus. Tilden atmete erleichtert auf. Schnell versteckte er die beschädigten Drähte wieder hinter der Eisenstange.

Nun stand er auf und sah wieder zu Harper hinüber. Kirk nickte, es war also alles in Ordnung. Tilden drückte auf die Klinke und stieß mit der Schulter die Tür auf. Quietschend öffnete sie sich. Durch die schmale Öffnung drang Sonnenlicht und frische Luft herein. Tilden zog die Tür wieder zu. Er trat etwas zurück und suchte nach verräterischen Anzeichen. Doch es war alles bestens. Er wandte sich um und ging an Harper vorbei. „Ist erledigt. Jetzt aber nichts wie weg von hier!“

6

Entdeckt

Es war früher Samstag abend. In der Stadt Los Angeles gingen immer mehr Lichter an. In seinem Hotelzimmer auf dem neunten Stock saß Major Wladimir Markoff. Er hatte die Schuhe ausgezogen, die Füße auf den Tisch gelegt und sah sich im Fernsehen die Nachrichten an. Ein schwarzer Reporter berichtete soeben, daß die Busmechaniker von Los Angeles, die seit dreiundzwanzig Tagen streikten, in einer Abstimmung beschlossen hätten, die Arbeit wieder aufzunehmen. Der Busbetrieb in Los Angeles könne also wieder aufgenommen werden. Markoff schüttelte ungläubig den Kopf. Es war ihm unverständlich, wie die Vereinigten Staaten als eine der beiden Supermächte einfach zusehen konnten, wenn eine Bande von streikenden Busmechanikern eine der bevölkerungsreichsten Städte des Landes für dreiundzwanzig Tage stillegte. Eine Freiheit, die so etwas erlaubte, war für ihn einfach keine Freiheit mehr. Bedeutete das denn Freiheit, wenn Männer, die für höhere Löhne streikten, Alte, Frauen und Kinder zwangen, während drei Wochen zu Fuß zu gehen? In dem Wort Freiheit steckten wunderbare Möglichkeiten, damit war auch Markoff voll einverstanden, doch in den USA war die Freiheit offensichtlich dazu verdammt, von der Gier der Menschen zerstört zu werden.

Es klopfte an der Tür. Markoff setzte sich auf und stellte den Fernseher leiser. „Wer ist da?“ fragte er mit seinem tadellosen Englisch.

„Service“, antwortete eine gedämpfte Stimme. Markoff erhob sich vom Sessel und ging in Socken zur Tür. Er war mißtrauisch, denn er hatte nichts aufs Zimmer bestellt. Leise trat er ganz nah zur Tür und blickte durch den Spion. Draußen stand ein junger Mann in rotem Jackett mit einem Tablett in den Händen. Markoff öffnete die Tür, und der Boy kam herein. „Wo soll ich's hinstellen?" Auf dem Tablett befanden sich eine Flasche Wodka und ein Glas.

„Stellen Sie es da auf den Tisch", antwortete der Major. Während der Junge das Tablett abstellte, unterschrieb Markoff die Quittung.

„Danke schön", sagte der Junge, als er Formular und Schreibzeug zurückerhielt. „Einen schönen Abend noch", fügte er hinzu, ging hinaus und schloß die Tür.

Markoff gab keine Antwort. Er machte sich Gedanken wegen der Flasche Wodka. Denn sie war das verabredete Zeichen, daß der „Schatten", der KGB-Maulwurf in Los Angeles, sich mit ihm treffen wollte. Es interessierte Markoff nicht, wer der „Schatten" war, dafür war er zu pflichtbewußt und zu sehr Profi. Nein, er fragte sich nur, warum der „Schatten" ihn sehen wollte. Ein solches Treffen war nur bei einem wirklich zwingenden Grund vorgesehen. Der „Schatten" wußte, daß Markoff von einer Horde FBI-Agenten strengstens überwacht wurde. Er setzte offensichtlich großes Vertrauen in ihn; denn wenn etwas schiefging, waren die ganzen zehn Jahre, in denen der Maulwurf am Aufbau seiner Anonymität gearbeitet hatte, vergebens gewesen. Markoff dachte bereits darüber nach, wie er ungesehen aus dem Hotel entwischen könnte.

Auf der Liste der Hotelgäste war unter der Zimmernummer 1006 eine gewisse Pamela Stewart eingetragen. Es war auch vermerkt, daß sie zweiunddreißig Jahre alt war, aus Des Moines in Iowa stammte, an der Universität von Südkalifornien studiert hatte und nun als Rechtsanwältin arbeitete. Als Grund für ihren Aufenthalt hatte sie ein dreitägiges Seminar über Verfassungsrecht im Sheffield-Center der Universität angegeben. Es stimmte beinahe alles. Pamela Stewart wohnte tatsächlich in Zimmer 1006, sie war eine zweiunddreißigjährige Rechtsanwältin aus Des Moines und ehemalige Studentin der Universität von Südkalifornien, doch hier hörten die wahren Angaben auf. Es gab zwar auch ein Seminar über Verfassungsrecht im Universitätszentrum – das KGB hatte dies bereits nachgeprüft –, doch Pamela Stewart nahm nicht daran teil.

Pamela Stewart arbeitete in Wirklichkeit für die geheime Überwachungsabteilung des FBI. Ihr Hotelzimmer lag direkt gegenüber dem Zimmer von Markoff – und das war kein Zufall.

In den drei Koffern, die Pamela mitgebracht und die der Hotelboy in ihr Zimmer getragen hatte, waren elektronische Geräte gewesen, die sie nun aufgestellt und eingeschaltet hatte. Über dem Spion in der Tür war mit einem Saugnapf ein kleines, lichtstarkes Weitwinkelobjektiv montiert. Ein dünnes Kabel verband die Linse über dem Guckloch mit einem kleinen Bildschirm auf dem Tisch, an dem Pamela nun saß und einen Videorecorder bediente. Sie konnte nicht nur Markoffs Tür, sondern den gesamten Flur überblicken. Ein Abhörgerät unter ihrer Türschwelle verstärkte die Geräusche. Pamela machte auf einem Schreibblock Notizen und sprach in ein kleines Kassettengerät: „Ein Hotelboy verläßt um 18.17 Uhr Markoffs Zimmer. Brachte anscheinend eine Flasche mit durchsichtiger Flüssigkeit. Wahrscheinlich Wodka. Ging zum Personalaufzug im Ostflügel zurück. Markoff zeigte sich in T-Shirt, Freizeithose und ohne Schuhe an der Tür."

Pamela hatte den Flur auf dem Monitor nun schon seit mehr als zwei Stunden überwacht. Im Moment war alles ruhig. Sie sah auf die Uhr. In 47 Minuten würde Sherry Bell, die sich als ihre Freundin ausgeben würde, kommen, um sie für drei Stunden abzulösen. Sie freute sich auf Sherry. Der Hotelboy war in den vergangenen zwei Stunden die einzige Abwechslung gewesen, und Pamela vermutete, daß der Major, der ja jetzt mit Wodka versorgt war, sich einen Rausch antrinken würde. Der Russe war in ihren Augen keine wirkliche Herausforderung.

Sie hatte sich gerade vom Bildschirm abgewandt und suchte in ihrer Tasche nach den Zigaretten, als sich die Tür gegenüber öffnete und Major Wladimir Markoff heraustrat. Ein Bewegungssensor ließ auf einer Armatur neben dem Bildschirm ein kleines, rotes Licht aufblinken, den akustischen Alarm hatte sie jedoch ausgeschaltet. Gerade in dem Moment, als Markoff zum Aufzug ging, kam sie mit der Packung Zigaretten in der Hand zum Monitor zurück. Als sie den Major entdeckte, ließ sie die Zigaretten fallen und griff nach dem Telefon, das in der Nähe stand. Sie drückte energisch auf die Tasten und ließ den Bildschirm nicht mehr aus den Augen, auf dem sie nun beobachten konnte, wie Markoff in den Fahrstuhl stieg. „Komm, mach schon!" murmelte Pamela in den Hörer.

„Hallo", meldete sich kurz darauf eine männliche Stimme.

„Dave, hier ist Pam", platzte sie heraus, obwohl sie sich Mühe gab, ruhig zu bleiben. „Onkel John hat sich's anders überlegt. Es sieht ganz so aus, als würde er 'rüberkommen."

„Danke, Pam."

Der Beamte im Überwachungswagen legte den Hörer auf und stellte sein Funkgerät ein. „Mobile Einheiten, hier ist Lehnstuhl, haltet euch zur Abfahrt bereit, Person sechs ist unterwegs."

Der Fahrstuhl hielt im Parkgeschoß, die Tür öffnete sich, und Markoff trat heraus. Zwei junge, gutgekleidete KGB-Offiziere grüßten ihn. Erst als die drei sich etwas vom Aufzug entfernt hatten, begannen sie zu sprechen. „Die Tiefgarage ist heute nachmittag durchsucht worden. Seitdem wird sie überwacht", erklärte einer der jungen Männer mit einem dunklen Schnurrbart. Er sprach leise auf russisch.

„Vor ein paar Minuten haben wir die Umgebung kontrolliert", fügte der andere hinzu. „Es sind heute abend etwa sechs Gäste da. Man hat sie benachrichtigt, kurz nachdem Sie Ihr Zimmer verlassen haben."

„Sagen Sie Nikolai, daß ich später komme", befahl Markoff den zwei Offizieren. „Hat ihn einer von euch gesehen?"

„Soviel ich weiß, ist er in der Abendvorstellung", antwortete der Mann mit dem Schnurrbart.

„Wenn ich bis morgen früh nicht zurück bin oder angerufen habe, soll er um die Mittagszeit mit San Francisco telefonieren."

Die zwei Männer zeigten mit einem Kopfnicken an, daß sie verstanden hatten.

„Gute Nacht!" wünschte Markoff und ging auf eine gemietete Limousine zu, die für ihn bereitstand.

Wenn man Wladimir Markoff gefragt hätte, was er an Los Angeles am meisten haßte, dann hätte er sofort die Autobahnen genannt. Und nun fand er sich selbst darauf wieder. Die Fahrstunden, die er vor Jahren außerhalb Moskaus genommen hatte, nützten ihm jetzt, im dichten Samstagabendverkehr auf dem Harbor-Freeway in Richtung Norden, herzlich wenig. Seine Hände waren feucht und klebten am Kunststoff des Steuerrads, als er dem Strom der Fahrzeuge ins Stadtzentrum folgte. Zwei Lieferwagen, sechs PKWs und zwei Helikopter beschatteten ihn von hinten, von vorn und von oben. Wäre der Major nicht durch und durch Profi gewesen, hätte er sich ob dieser Aufmerksamkeit geschmeichelt gefühlt.

Wenn das Treffen in Paris, London, Mexiko City oder irgendeiner anderen Großstadt stattgefunden hätte, wäre es nicht nötig gewesen, daß er selber fuhr. Aber Los Angeles war eine Ausnahme: es gab keine öffentlichen Verkehrsmittel. Und der Name des einzigen städtischen Busbetriebs, „Rapid Transit", war der reinste Hohn. Markoff war sicher, daß er überwacht wurde; doch ohne öffentliche Verkehrsmittel würde es schwieriger sein, die Verfolger abzuschütteln. Im Moment allerdings bewegte ihn ein wichtigeres Problem: er mußte die richtige Ausfahrt finden, um auf die Verbindungsstraße zwischen dem Harbor- und dem parallel laufenden Hollywood-Freeway zu gelangen. Während er das Labyrinth der Lichtsignale und Wegweiser betrachtete, begann er zu verstehen, weshalb so viele Amerikaner beteten.

Fünfzig Minuten nachdem Markoff das Hotel verlassen und sich in der Zwischenzeit zweimal verfahren hatte, steuerte er seinen Mietwagen in die Ausfahrt zum Sunset-Boulevard. Die FBI-Einheiten hinter ihm dachten, der Major wäre sehr vorsichtig, dabei war er in Wirklichkeit völlig durcheinander.

Markoff parkte die Limousine vor einem „Denny's"-Restaurant am Sunset-Boulevard.

„Adam Sechs und Acht", meldeten seine Überwacher, „er geht jetzt ins ‚Denny's'. Folgt ihm!"

Markoff setzte sich an die Theke. Er war froh über den großen Betrieb im Restaurant, obwohl es ihm neben dem jungen Mann mit den blauen Haaren und Ohrringen etwas ungemütlich wurde.

„Kaffee?" fragte eine geschäftige Kellnerin mittleren Alters und reichte ihm die Speisekarte.

„Ja, gern", antwortete Markoff.

Er wartete, bis er ganz sicher war, daß auch die Männer vom FBI im Restaurant saßen, und bestellte dann einen Cheeseburger mit Pommes frites. Der Burger schmeckte, und er nahm ein paar Bisse, bevor er aufstand und zur Herrentoilette ging.

Auch hier herrschte ein ständiges Kommen und Gehen. Er steuerte auf eine der zwei Kabinen zu, schloß die Tür und machte sich an die Arbeit. Aus einer Tasche seines Jacketts zog er eine Golfermütze und setzte sie auf. Aus einer anderen Tasche zauberte er eine dunkle Hornbrille und einen grauen Schnurrbart hervor.

Als er sein Jackett auszog, fiel aus jedem Ärmel ein Tennisschuh.

Schnell streifte er seine schwarzgewichsten, eleganten Schuhe ab, zog die schmutzigen, weißen Tennisschuhe an, nahm die Krawatte ab und schlug den Hemdkragen nach innen.

Seine Sportjacke trug er nun mit dem verblichenen, buntkarierten Futter nach außen. Obwohl Markoff Zigarren haßte, zog er jetzt einen bereits zur Hälfte gerauchten Stumpen aus einer Tasche und zündete ihn an.

Er verließ die Toilette und warf im Vorraum die schönen Schuhe in einen Abfalleimer. Die Verwandlung hatte kaum eine Minute gedauert, aber sie war bemerkenswert. Die Männer in der Toilette schenkten ihm keinerlei Beachtung.

Markoff begutachtete sich im Spiegel. Er sah aus wie einer der vielen, nicht mehr ganz jungen Spaziergänger am Sunset-Boulevard. Er zerzauste noch ein wenig die Haare, die unter der Kappe hervorschauten, und ging zur Tür.

Er zog mehrere Male an seiner Zigarre und hinkte etwas, als er auf den Ausgang zum Parkplatz zuging. Von draußen sah er kurz zurück. Niemand folgte ihn.

Er ließ das FBI weiter seinen Mietwagen und die Tür zur Herrentoilette überwachen und spazierte am Sunset-Boulevard unbeobachtet westwärts zum Kino. Zufrieden, daß ihm niemand gefolgt war, kaufte er an der Kasse eine Eintrittskarte und ging hinein. Den Plakaten draußen zufolge lief der Film „Midnight Express".

Der Major wartete, bis sich seine Augen an die Dunkelheit gewöhnt hatten, bevor er den linken Gang hinunterging. Er zählte sorgfältig die Reihen. Neun Sitzreihen nach unten und dann vier Plätze nach rechts. Auf dem dritten und vierten Sitz saß ein Pärchen. Er setzte sich neben die Frau und begann zu husten, wobei er immer viel Luft holte, damit er richtig von tief unten laut husten konnte. Nachdem er das noch zweimal wiederholt hatte, räusperte er sich kräftig und spuckte in eine leere Popcorntüte. Nun stand das Paar auf und ging weg. Der Major rutschte zwei Sitze nach rechts und wartete.

Der Film begann Markoff zu gefallen, obwohl er nicht verstehen konnte, warum es dem jungen Amerikaner so schwerfiel, in einem türkischen Gefängnis zu überleben. Er hatte wohl noch nie etwas von Sibirien gehört. Nun wurde der junge Mann verhört, und der Major konnte nicht umhin, in Gedanken die angewandten Techniken zu kritisieren. Er war so auf den Film konzentriert, daß er heftig erschrak, als sich von hinten plötzlich eine Hand auf seine Schulter legte. „Drehen Sie sich nicht um!“ warnte ihn eine Stimme von hinten. Es war eine weibliche Stimme, und Markoff war darüber sehr überrascht, doch er zwang sich, ruhig sitzen zu bleiben. Er wandte sich nicht um, versuchte aber, die Frau aus den Augenwinkeln zu sehen. Sie saß jedoch direkt hinter ihm, so daß er außer ihrer linken Hand, die sie nun von seiner Schulter wegzog, nichts erkennen konnte. Er mußte lächeln, daß er sich so schnell aus der Fassung bringen ließ. Er hatte erwartet, einen Mann zu treffen. Die Frau war vermutlich schon da gewesen, als er hereinkam, aber wegen seiner falschen Erwartung hatte er ihr keine Beachtung geschenkt. Diese Lektion, das gelobte sich Markoff, würde er nie vergessen. „Ich dachte, Sie hätten vielleicht Ihre Brieftasche verloren?“ bemerkte die Frau hinter ihm.

„Nein, ich habe sie noch“, antwortete Markoff. Damit war die Verbindung hergestellt.

„Heute morgen ist von einem öffentlichen Telefonapparat vom Shrine-Auditorium aus angerufen worden“, sagte die Frau und lehnte sich dabei nach vorn zu Markoff. Sie klang gebildet. Er roch ihr Parfüm, konnte die Marke aber nicht erkennen.

„Nicht gerade sehr außergewöhnlich“, meinte Markoff.

„Der Anrufer sprach russisch und die Frau am anderen Ende auch.“

Nun wurde Markoff aufmerksam. Er setzte sich etwas auf. Den Mitgliedern des Balletts wie auch den Agenten war es strengstens untersagt, öffentliche Telefonapparte zu benutzen. Jeder Anruf mußte bewilligt werden, und die meisten wurden mitgehört. Jemand hatte den Befehl mißachtet. Es war wichtig zu wissen, wer und weshalb. „Wer war's?“ fragte er.

„Meine Kontaktperson beim Telefonamt kann nur sehr wenig Russisch“, erklärte die Frau, „aber der Anrufer war ein Mann, und er redete mit einer Frau im nordöstlichen Teil von Los Angeles. Ihr Name ist Sascha.“

„Worüber haben sie geredet?“ wollte Markoff nun wissen.

„Sie besprachen Pläne für einen Übertritt.“

„Wann?“ fragte Markoff, und seine Stimme klang hart.

„Wie ich schon gesagt habe“, antwortete die Frau, „meine Kontaktperson spricht fast kein Russisch, aber es bleiben ja nur noch heute oder morgen abend."

Markoff nickte. Seine Gedanken überstürzten sich. „Wie können wir diese Sascha finden?" fragte er.

„Ich vermute, sie ist eine russische Jüdin", überlegte die Frau.

„Keine Vermutungen!" warnte Markoff.

„Meine Kontaktperson sucht alle russischen und jüdischen Namen von Personen heraus, die im nördlichen Teil von Los Angeles leben, vor allem die mit dem Vornamen Sascha."

„Wir müssen es schnell herausfinden", drängte Markoff.

„Ich tue mein Bestes", verteidigte sich die Frau, „was offensichtlich mehr ist als das, was Ihre Agenten heute morgen im ‚Shrine' getan haben."

Markoff wußte, daß der „Schatten" recht hatte. Der Anruf hätte erst gar nicht geschehen dürfen. Jemand hatte am Morgen während der Probe einen Apparat nicht sorgfältig genug überwacht. Sie würde dies in ihrem nächsten Bericht an Moskau gewiß erwähnen. „Ich werde herausfinden, wer dafür verantwortlich ist", schwor Markoff und hoffte, sie würde diese Bemerkung ebenfalls in ihren Bericht aufnehmen. Er wußte aber, daß es eher unwahrscheinlich war, denn als Vorgesetzter war eigentlich er der Verantwortliche.

„Ich denke, es ist wichtiger, Sie finden heraus, wer da überlaufen will", erwiderte der „Schatten".

„Dann besorgen Sie mir Saschas vollen Namen und ihre Adresse", gab er scharf zurück.

„Das werde ich", versprach der „Schatten". „Bleiben Sie fünf Minuten lang sitzen, ohne sich umzusehen!" befahl sie.

Markoff hörte, wie der Sitz hinter ihm quietschte und hochklappte. Jetzt konnte er ihr Parfüm noch besser riechen. Er hörte ihr Kleid rascheln, als sie davonging. Er gab seiner Neugier nach und sah sich um. Sie war bereits im Gang und verschwand wie ein Schatten in der Dunkelheit. Markoff wandte jetzt seine Aufmerksamkeit wieder dem Film zu. Nun konnte er sich leichter mit dem jungen, amerikanischen Drogenhändler identifizieren. Sie waren beide in ernsthaften Schwierigkeiten, beide steckten sie in der Klemme.

7

Schachmatt

Es war elf Uhr nachts. George Rollins lag bereits im Bett und schlief. Seine Frau hingegen stand in der Küche und bügelte ihr grünes Ballkleid aus der High-School-Zeit. Es war ihr einziges festliches Kleid und darum auch das einzige, das sie für die Ballettvorstellung am Sonntag abend tragen konnte. Sascha hatte das lange, schulterfreie Satinkleid mit dem weiten Unterrock über zehn Jahre nicht mehr gebraucht. Bevor sie es bügelte, war sie noch schnell hineingeschlüpft, um zu sehen, ob es überhaupt noch paßte. Sie freute sich, daß es ihr immer noch so gut stand; obwohl der Petticoat sofort verriet, daß das Kleid aus den sechziger Jahren stammte. Deshalb beschloß sie, ihn einfach wegzulassen.

Als Sascha mit Bügeln fertig war, hängte sie das Kleid sorgfältig auf und begann, nach der passenden Tasche und den Schuhen zu suchen. Sie fand beides, nur wußte sie noch immer nicht, was sie über dem Kleid tragen sollte. Die Vorstellung würde um acht Uhr abends beginnen. Es war also klar, daß sie irgend etwas haben mußte, um die Schultern zu bedecken, doch was? In ihrem Schrank hingen nur eine verwaschene Jeansjacke, ein buntkarierter, dreiviertellanger Mantel von ihrer Mutter und ein grauer Regenmantel, den George mal bei einem Fabrikausverkauf erstanden hatte. Nun, wenn nichts anderes da war, dann eben nicht. Sascha dachte nicht mehr lange darüber nach und wandte sich dringenderen Angelegenheiten, wie Fingernägeln und der Frisur, zu.

Sascha Rollins war nicht die einzige, die sich noch so spät abends auf die Schlußvorstellung vom Sonntag vorbereitete. Vierzehn Kilometer südlich von dem Haus, in dem sie sich die Nägel lackierte und George friedlich schlief, hatte Major Wladimir Markoff acht seiner leitenden Agenten zu einer Sondersitzung zusammengerufen. In Hemdsärmeln und mit strenger Miene wanderte er vor seinen Männern auf und ab.

„Genossen, wir stehen vor einer ernsthaften Bewährungsprobe“, stieß er finster hervor. „Entweder machen wir diesen Verräter aus unserer Mitte ausfindig, oder er macht uns fertig. Entweder kehren wir mit dem positiven Bericht unseres Erfolgs nach Moskau zurück oder mit der Schande von Versagern. Dieser Mann, wer immer er auch sein mag, ist imstande, gedankenlos die Ehre unserer Nation zu besudeln und auch unsere Karrieren zu zerstören. Wir müssen ihn finden, und wir müssen ihn stoppen. Ich wünsche, daß Sie mehr Druck ausüben. Arbeiten Sie mit Ihren Gewährsleuten im Ensemble zusammen. Verdächtige haben sich ständig in ihren Hotelzimmern aufzuhalten und sind, wenn nötig, zu überwachen. Wir haben Alarmstufe eins, und wir müssen entsprechende Sicherheitsmaßnahmen treffen. Es dürfen uns keine Fehler mehr unterlaufen. Wir befinden uns nur noch wenig mehr als vierundzwanzig Stunden auf amerikanischem Boden. Unsere einzige Aufgabe ist es jetzt, diese Katastrophe zu verhindern.“

Markoff blieb stehen und musterte die Gesichter. „Immer diese verfluchten, intellektuellen Künstler“, sagte er und steigerte sich beinahe in eine Wut hinein. „Ob das nun Schriftsteller, Dichter oder Ballettänzer sind – immer haben sie das Gefühl, als kreative Elite stünden sie über jeglichem nationalen Interesse. Keiner von ihnen hat den Stolz oder den Schneid, ein wahrer sowjetischer Patriot zu sein. Es scheint, als würden sie sich lieber im Schmutz dieser perversen Hurenstadt wälzen als den Stolz ihres Vaterlandes zu repräsentieren. Und ich – wäre da nicht unser nationales Interesse – wäre der erste, der sagen würde: Dann gebt ihnen doch, was sie wollen! Bei uns ist kein Platz für Verräter... Setzt alles daran, ihn zu finden!“

Der Sonntagmorgen brach hell und freundlich an, und bis um neun Uhr war die Temperatur in Los Angeles bereits auf 25 Grad angestiegen. In Monterey-Heights hatte es sich Kirk Harper, unrasiert, in Bademantel und Pantoffeln, in seinem Lehnstuhl bequem gemacht und wartete auf die Baseball-Sendung, in der um zehn Uhr das Spiel „Rams“ gegen „Redskins“ übertragen wurde. In West-Covina lag Steve Tilden in tiefem Schlaf auf seinem Wasserbett, den Hörer neben dem Telefon, die Vorhänge zugezogen. Im University-Hilton im Süden von Los Angeles hatten die Mitglieder des Bolschoiballetts Weisung erhalten, daß jeder in seinem Zimmer zu frühstücken habe. Kurz nach sieben Uhr früh wurde bekanntgegeben, nur die Tänzer, die in der Schlußvorstellung auftreten würden, dürften ihre Zimmer verlassen; und dann auch nur, um in einem bewachten Bus zum Shrine-Auditorium gefahren zu werden. Den anderen wurde befohlen, für die Rückreise am nächsten Morgen zu packen. Viele waren darüber unzufrieden. Die letzte Möglichkeit zu Einkäufen und Besichtigungen war ihnen damit genommen worden, doch wurden weder Fragen zugelassen noch Ausnahmen gemacht. Die Gänge waren plötzlich voll von patroullierenden KGB-Agenten. Doch niemand wagte nach dem Grund zu fragen.

Harmon Marshal, der ranghöchste Beamte des FBI-Büros in Los Angeles, saß in der Küche seines Hauses in Pasadena und überflog die „Sunday Times", als sich der elektronische Piepser auf dem Tisch meldete. Marshal, ein großer Mann mit Halbglatze, ausdrucksvollen, grünen Augen und einem breiten Nacken, der ihn sehr massig erscheinen ließ, griff nach dem Gerät und stellte es ab. Seine Frau Lenore, mit der er schon achtundzwanzig Jahre verheiratet war, reichte ihm das Telefon. „Soll ich den Kaffee warmhalten?" fragte sie. Nach siebenundzwanzig Jahren Erfahrung wußte sie, was solche Anrufe bedeuteten.

„Ja, gern", antwortete Marshal und lächelte seiner Frau zu, während er die Nummer der zuständigen Dienststelle im FBI-Zentrum in Westwood wählte.

„Sechs-Fünf-Zwei", drang eine männliche Stimme an sein Ohr.

„Hier ist Posten Neun", antwortete Marshal.

„Guten Morgen", gab der Beamte zurück, „ich habe einen Anruf für Sie vom Beamten in der Shrine-Dienststelle. Einen Moment, bitte!"

Marshal hörte die verschiedenen elektronischen Pieptöne, und dann meldete sich eine andere Stimme: „Morgen, Harmon, hier ist George Wills vom Shrine."

„George!" rief Marshal überrascht. George Wills war ihm direkt unterstellt, und wenn er sich an einem Sonntag morgen im Shrine befand, hieß das, daß man Alarm geschlagen hatte. Marshal richtete sich auf. „Was machen Sie dort?"

„Abhörstelle, ist diese Linie sicher?" fragte George Wills, bevor er Marshal antwortete.

„Das Gespräch wird verschlüsselt", kam die Antwort.

„Danke", sagte Wills und fuhr dann fort, „der diensthabende Offizier hat um 9.14 Uhr taktischen Alarm gegeben."

„Was ist denn los?" fragte Marshal gespannt.

„Der Diensthabende erhielt heute morgen kurz nach neun einen Anruf von einem Mann, der sich als Major Wladimir Markoff vom KGB ausweisen konnte."

„Was! Der hat bei euch angerufen? Wie hat er die Nummer erfahren? Das ist doch eine gesicherte Linie."

„Das wissen wir nicht", gab Wills zu, „aber Tatsache ist, daß er angerufen hat."

„War es wirklich Markoff?" fragte Marshal ungläubig.

„Die Stimmenkontrolle bestätigte seine Identität", antwortete Wills.

„Was wollte er?"

„Er sagte, er wolle mit einem Vertreter der US-Regierung sprechen, und zwar sobald wie möglich."

„Himmel!" platzte Marshal heraus. „Könnte er etwa derjenige sein, der überlaufen möchte?"

„Möglich!"

„George, rufen Sie im Zentrum an", befahl Marshal. „Man soll mich in zwanzig Minuten hier abholen. Und machen Sie ein sicheres Lokal für das Treffen mit Markoff aus."

„Wir sind schon dabei."

George Rollins saß im Sonntagsgottesdienst und versuchte, sich ganz auf die Worte des Pfarrers zu konzentrieren. Doch seine Gedanken schweiften immer wieder ab. Er malte sich aus, was alles noch an diesem Tag geschehen würde. Er sah zu Sascha hinüber und faßte ihre Hand. Sie erwiderte liebevoll seinen Händedruck. Ihre Hand war warm und weich. Er überlegte, ob er Kirk und Steve sagen sollte, daß Sascha nicht an die Vorstellung gehen könne. Es war einfach zu gefährlich. Und wenn etwas schiefging, was dann? Dann wäre Sascha ganz auf sich selbst gestellt. Konnte, sollte er als verantwortungsbewußter Ehemann seiner Frau erlauben, bei dieser Sache mitzumachen? Zweifellos war das KGB auch auf amerikanischem Boden ein gefährlicher Gegner. Er wünschte schon fast, Sascha hätte die junge Frau nie getroffen. Mit welchem Recht eigentlich bat sie um Hilfe? Wenn die Situation umgekehrt wäre, würde ihnen das russische Paar denn helfen? Er bezweifelte es. Sie hätten vielleicht doch das FBI einschalten sollen. Sie könnten ja gegen internationale Abkommen verstoßen, von denen sie gar nichts wußten. Es kamen ihm eine ganze Reihe guter Gründe gegen das geplante Unternehmen in den Sinn und nur sehr wenige, die dafür sprachen. Er hatte am Samstag bereits einen vollen Arbeitstag geopfert, und nachdem es die ganz Woche geregnet hatte, würde er das auch finanziell zu spüren bekommen.

Und was wäre nachher? Wie lange würden diese zwei bei ihnen bleiben wollen? Konnten sie sich das überhaupt leisten? Müßte er dann noch mehr Arbeitstage opfern? Die Zeit hatte er einfach nicht. Hinzu kam, daß die beiden diese internationale Affäre vielleicht einfach heraufbeschworen, um sich interessant zu machen. Georges Entschluß stand fest. Sobald sie wieder zu Hause wären, würde er Kirk anrufen und ihm sagen, daß er das Ganze abblasen solle. Er wollte sich nicht in sowjetische Angelegenheiten einmischen. Dazu hatte er keine Recht. Er würde Sascha höchstens noch erlauben, das FBI zu benachrichtigen. Wenn die sich darum kümmern wollten, dann war das ihre Sache. Die wurden ja auch bezahlt dafür, er nicht. Als George mit seinen Überlegungen so weit gekommen war, konnte er sich wieder auf die Predigt konzentrieren. Erst jetzt merkte er, daß es an diesem Morgen um das bekannte Gleichnis vom barmherzigen Samariter ging. Der Pfarrer las gerade die Worte Jesu in Lukas 10, Vers 37: „Geh auch du hin und tue desgleichen!"

„Welch eine Herausforderung!" fuhr der Pfarrer fort. „Dieser Mann opferte so großzügig Zeit und Geld, eigentlich *alles*, um jemandem zu helfen, den er nicht einmal kannte, jemandem aus einem anderen Volk. Er half einfach, ohne daß es dafür logische Gründe gab. Unser Herr fordert uns auf, dasselbe zu tun, und er selbst war uns darin das beste Beispiel.

Wenn wir gebeten werden, für andere etwas zu tun, müssen wir uns fragen: Was würde Jesus tun? Schickte er die Menschen wieder weg? Hat er gefragt: ‚Was schaut für mich dabei heraus?' Sah er auf seinen eigenen Vorteil, wenn ihn jemand um Hilfe bat?"

Der Pfarrer sah geradewegs zu George hin. Jedenfalls empfand George es so. „Wirst du mir helfen?“ Der Pfarrer hielt symbolisch die offene Hand hin. „Wirst du mir helfen? Was würde Jesus tun?“

Der Pfarrer legte eine Pause ein und ließ seine Blicke über die Gemeinde schweifen. „Sage mir“, fragte er, „wann hat Jesus je einen Menschen weggeschickt? Sage mir, wann hat Jesus je gesagt: ‚Das geht mich nichts an?‘ Sage mir, wann hat Jesus einmal geantwortet: ‚Ich habe keine Zeit‘?“

George ließ Saschas Hand los. Jetzt hörte er auf jedes Wort.

„Wann warst du selber das letzte Mal in Schwierigkeiten und riefst: ‚O Gott, hilf mir!‘ und Gott antwortete: ‚Nicht jetzt, ich bin beschäftigt. Das geht mich nichts an. Such’ dir einen anderen, ich habe keine Zeit‘?

Er hatte Zeit, um ein Kreuz auf einen Hügel, genannt Golgatha, zu schleppen. Er hatte Zeit, um für dich zu sterben, und er hat Zeit, wenn du rufst: ‚Herr, errette mich!‘ Wenn also jemand kommt und dich fragt: ‚Wirst du mir helfen?‘, dann frage dich, was Jesus tun würde.“

Der Pfarrer redete noch weiter, doch George hörte es nicht mehr. Er war beschämt.

Als der Anruf im FBI-Posten im Shrine-Auditorium einging, war es schon fast elf Uhr. Das FBI war darauf vorbereitet, und schon nach dreißig Sekunden hatte man herausgefunden, daß er aus Zimmer 1007 des University-Hilton-Hotels kam. Kein Zweifel, Major Wladimir Markoff vom KGB war am Apparat.

Harmon Marshal saß bereits seit einer Stunde im Kommandoposten. Er meldete sich sofort: „Hier ist Harmon Marshal. Ich bin der Chef des FBI-Büros von Los Angeles.“

„Ich möchte Sie in zehn Minuten treffen“, ließ sich Markoff vernehmen. „Ich werde im Exposition-Park sein. Ich trage einen braunen Pullover und komme allein.“

George Wills stand neben Harmon Marshal und hörte das Gespräch über Kopfhörer mit. Er tippte Marshal auf die Schulter und schüttelte den Kopf. Marshal sah Wills an und sagte dann in die Muschel: „Es wäre mir lieber, wir könnten uns am Washington-Boulevard treffen. Das Motel bei der Kreuzung ...“

„Unmöglich“, unterbrach Markoff. „Ich bin in zehn Minuten im Park.“ Dann legte er auf.

Das FBI mußte schnell arbeiten, doch als Major Markoff acht Minuten später aus dem University-Hilton trat, warteten zwei Straßen weiter rund um den Exposition-Park bereits zwölf Agenten und acht Autos.

Im Park, in dem die griechisch anmutenden, marmornen Gebäude des Los-Angeles-County-Museums lagen, standen hohe, weit ausladende Bäume auf weiten Rasenflächen. Markoff spazierte von der Figueroa-Street in den Park. Er trug eine braune Strickjacke, die er in Chicago gekauft hatte; sein Hemdkragen stand offen. Er ging in westlicher Richtung durch den Park und rauchte unter den aufmerksamen Augen der FBI-Leute genüßlich eine Zigarette.

Markoff hörte den Wagen von hinten heranfahren, doch er ging ruhig weiter, ohne sich umzusehen. Kurz darauf rollte das Auto langsam an ihm vorbei und hielt wenige Schritt vor ihm. Am Steuer saß ein etwa fünfzigjähriger Mann mit Halbglatze und einem breiten Nacken. Er öffnete die Autotür und stieg aus. Markoff kannte den Mann von einem Bild aus dem Geheimdienst-Handbuch. „Harmon Marshal“, stellte sich der Mann vor, als Markoff ihn erreichte. „Was kann ich für Sie tun?“

„Gehen Sie ein paar Schritte mit“, schlug Markoff vor, der von dem Fahrzeug weg wollte.

Vier Ferngläser, eine 35-mm-Kamera und eine Videokamera folgten den beiden Männern, als sie im Schatten der Bäume über die Wiese schlenderten.

„Meine Regierung“, begann Markoff, als sie Seite an Seite weitergingen, „ist sehr besorgt über die Entwicklung einer Angelegenheit, die nachteilige Auswirkungen auf unsere Beziehungen mit den USA haben könnte.“

„Reden wir nicht um den heißen Brei herum“, erwiderte Marshal, „kommen wir zur Sache!“

Markoff blieb stehen und sah Marshal direkt in die Augen. „In Ordnung“, meinte er in seinem tadellosen Englisch, „die Sache ist die: Wir haben genügend Beweise in der Hand, um zu zeigen, daß das FBI eines unserer Ballettmitglieder zum Überlaufen verlockt hat.“

„Das ist eine Lüge", widersprach Marshal bestimmt. „Das FBI hat nichts damit zu tun."

Markoff lächelte. Sein Trick hatte gewirkt. Jetzt wußte er, daß das FBI von der Sache Kenntnis hatte. „Aber Sie haben davon erfahren?"

„Wir haben unsere Informationen wie Sie auch", wich Marshal aus.

„Glauben Sie nicht auch", fuhr Markoff fort, „daß es jetzt, wo das FBI davon weiß, so aussehen wird, als ob es selbst sehr viel damit zu tun hat?"

„Ganz und gar nicht."

„Und glauben Sie nicht, daß Sie direkt gegen die Weisung Ihres eigenen Präsidenten verstoßen? Soll das FBI nicht alle Vorfälle, die die Entspannung beeinträchtigen könnten, verhindern?"

„Sie scheinen sich in unserer Politik sehr gut auszukennen."

„Mr. Marshal", gab Markoff lächelnd zurück, „ich befinde mich auf Ihrem Spielfeld. Ich muß wissen, nach welchen Regeln Sie spielen."

„Für uns ist das kein Spiel", erwiderte Marshal.

„Bitte, keine politischen Diskussionen. Wir sind zwei Profis, die ihr Handwerk verstehen. Deshalb lassen Sie es mich klar und deutlich sagen: Ich möchte morgen früh Los Angeles mit der gleichen Anzahl russischer Bürger verlassen, mit der ich hierher gekommen bin. Sie können mir dabei helfen, indem Sie jegliche Kontakte zwischen unseren Tänzern und amerikanischen Bürgern verhindern."

„Dann lassen Sie mich auch meine Meinung äußern, Major", antwortete Marshal. „Es gehört nicht zu unseren Aufgaben, dem KGB bei irgendeiner Arbeit zu helfen."

„Ich glaube, Sie sollten die persönlichen und beruflichen Auswirkung Ihrer Entscheidung bedenken, Mr. Marshal. Der sowjetische Botschafter in Washington befindet sich in diesem Moment im Außenministerium und berichtet dem Minister von unserem Treffen. Und noch in dieser Stunde wird der Außenminister den Präsidenten anrufen... Was glauben Sie, wem wird der Präsident für die Verschlechterung der Beziehungen zwischen den beiden Supermächten danken, wenn diese Person tatsächlich überläuft und ich bekanntgebe, daß Sie davon wußten? Man wird Sie vor Ihrer Pensionierung kaum mehr befördern, Mr. Marshal. Außerdem wird sich ein Präsident, der für eine zweite Amtsperiode wiedergewählt werden will, mit Ihnen nicht sehr glücklich schätzen."

Die beiden Männer beobachteten einander eine ganze Weile. Ihre Blicke waren prüfend, frostig. Dann brach Harmon Marshal das Schweigen: „Sie scheinen sehr verzweifelt zu sein, Major."

Markoff antwortete achselzuckend: „Vielleicht bin ich es heute, aber morgen sind womöglich Sie es." Der Major wandte sich um und ging davon.

„Major!" rief Marshal.

Markoff blieb stehen und schaute zurück.

„Wir dachten, Sie wären es."

Der Major überlegte einen Moment. Dann erhellte ein Lächeln sein Gesicht. „Um ständig auf diesen fürchterlichen Autobahnen herumfahren zu müssen? Nie und nimmer!" Damit drehte er sich um und ging davon.

8

Showtime

Kurz nach vier Uhr begann Sascha, sich fertig zu machen. Nach dem Gottesdienst hatten sie bei ihren Eltern zu Mittag gegessen. Das war sonntags Tradition. Großmama hatte darauf bestanden, daß Kim dablieb, und ihr versprochen, mit ihr in den Zoo zu gehen. Sascha hatte ihre Mutter gefragt, ob Kim auch bei ihr übernachten könne, weil sie am Abend mit George ausgehen würde. „Ist etwas Besonderes?“ hatte ihre Mutter wissen wollen, aber Sascha hatte keine konkrete Antwort gegeben.

Während sie nun heißes Wasser in die Badewanne einlaufen ließ, sah George nach, ob im Fernseher etwas lief, was ihn für die nächsten zwei Stunden, die er noch auf Kirk und Tilden warten mußte, ablenken könnte. Doch nachdem er alle Kanäle durchgegangen war und nichts gefunden hatte, schaltete er den Apparat wieder aus. Er stand von seinem Sessel auf, weil er sich soeben entschlossen hatte, das Öl in seinem Lastauto zu wechseln. Aber als er bei der Tür angelangt war, schien ihm die Idee plötzlich nicht mehr so gut. Er würde sich nur schmutzig machen, und außerdem könnte es Sascha ärgern, wenn er am Sonntag so eine Arbeit tat. George lief im Wohnzimmer auf und ab. Er warf einen Blick auf die Wanduhr und mußte sich eingestehen, daß er nervös war.

George war froh, daß er etwas tun würde, was gut war in den Augen Gottes. Doch der innere Friede, den er nach seiner Entscheidung erwartet hatte, wollte sich nicht einstellen. Das beunruhigte und verunsicherte ihn. Als er so durchs Zimmer ging und den Seifenduft aus dem Bad roch, bemerkte er plötzlich Saschas Bibel auf dem Tischchen neben dem Sofa. Er nahm sie auf. Weisheit war jetzt das, was er brauchte, und darum öffnete er die Bibel bei den Sprüchen. Wenn er auch nur eine kleine Ahnung davon hätte, was am Abend passieren würde, könnte er vielleicht inneren Frieden finden, sagte er sich. Es war die Ungewißheit, die ihn so unruhig machte.

Er las im Kapitel 22 die Verse 17 bis 19. Die Worte, die da standen, trafen ihn tief:

„Neige deine Ohren und höre die Worte von Weisen und nimm zu Herzen meine Lehre. Denn lieblich ist's, wenn du sie im Sinne behältst; laß sie miteinander auf deinen Lippen bleiben. Damit deine Hoffnung sich gründe auf den Herrn, erinnere ich heute daran gerade dich."

„Damit deine Hoffnung sich gründe auf den Herrn!" George war immer wieder erstaunt, wie gut Gottes Wort seine Gedanken und sein Herz analysierte. Es war nicht leicht, das anderen, die seine Liebe für dieses Buch nicht teilten, zu erklären. Doch George schätzte seine Bibel sehr, weil ihn ihre Mahnungen oft bis ins Innerste trafen. Der Friede, der ihn erfüllte, wenn er sich diese Ermahnungen zu Herzen nahm, war mit Worten nicht auszudrücken.

Es wurde ihm plötzlich klar, warum er die Bibel gerade jetzt aufgeschlagen hatte. „Damit deine Hoffnung sich gründe auf den Herrn!" Er hatte von Gott weg auf die Umstände und Ereignisse gesehen und sich davon gefangennehmen lassen. Seine Befürchtungen am Morgen und der fehlende Friede jetzt waren deutlicher Beweis dafür. Er hatte das Wichtigste in seiner Beziehung zu Gott vergessen: daß der Gerechte durch Glauben leben wird.

„Herr!" betete George in seinem Herzen. „Vergib mir mein mangelndes Vertrauen. Du hast uns bis jetzt so deutlich geführt und mir auch bestätigt, daß wir diesen Menschen helfen sollen. Hilf mir, dir auch für alles Weitere zu vertrauen!"

Während er so betete, wurde ihm mit einem Male bewußt, daß Gott ja von Anfang an alle Einzelheiten dieser Sache kannte und ihn nichts davon abhalten konnte, sein Ziel zu erreichen.

„Wenn jemand anruft, dann sag einfach, ich helfe jemandem überzulaufen", rief Kirk Harper seiner Frau zu, als er hinausging.

Steve Tildens weißer Kleinbus stand bereits vor dem Haus der Rollins in Highland-Park, als Kirk kurz vor sechs dort ankam. Er fand George und Steve im Wohnzimmer. Die beiden unterhielten sich, doch man spürte ihre innere Spannung. „Unser Plan sieht folgendermaßen aus“, sagte Tilden zu Kirk gewandt, nachdem dieser sich gesetzt hatte. „Sascha holt die Karten ab. George fährt mit dem Bus zum ‚Shrine‘ und wartet in der Straße dahinter auf die zwei.“

„Warum George?“ fragte Kirk.

„Weil man dich und mich erkennen könnte“, antwortete Steve.

„Ah so!“

Steve fügte hinzu: „Ich schirme mit meinem VW die Ostseite der Straße ab, und du, Kirk, übernimmst die Westseite mit deinem Datsun.“

„Und wie verständigen wir uns?“ erkundigte sich George.

„Melde dich einfach, wenn du eine Frage hast“, riet Kirk ironisch.

„Ich meine, wenn wir einmal dort sind“, verteidigte sich George.

Steve antwortete ernst: „Wenn wir erst unsere Positionen bezogen haben, ist das alles. Keine Sorge, wir lassen dich nicht aus den Augen, George, aber bis du wegfährst, ist es allein deine Sache.“

„Gut.“

Und Kirk versicherte: „Sobald du die zwei Ausreißer im Wagen hast und wegfährst, sind Steve und ich hinter dir, es könnte ja sein, daß das KGB Lust auf eine Verfolgungsjagd hat.“

George nickte zustimmend.

„George bringt mich nach Hause, damit ich den VW holen kann. Wir müssen also etwas früher aufbrechen“, sagte Steve zu Kirk gewandt.

Kirk nickte. „Dann treffen wir uns vor Winchells Schnellimbiß an der Kreuzung Adams-, Figueroa-Street.“

„Und wenn wir sie haben, fahren wir gleich hierher zurück?“ fragte George. Seine Stimme klang noch immer leicht besorgt.

„Es sei denn, deine Passagiere hätten noch kein Abendessen gehabt“, neckte Kirk. „Vielleicht möchten sie schnell bei McDonald’s vorbeifahren und Hamburger à la McMarx fassen.“

Steve schlug George mit der Hand aufs Knie. „Wir treffen uns nachher wieder hier und überlegen, wie es weitergeht.“

George zeigte mit einem neuerlichen Kopfnicken, daß er einverstanden war, und versuchte, sich die restlichen Fragen zurechtzulegen, die ihm noch im Kopf herumschwirrten.

„Das wäre wohl alles, glaub' ich", meinte Kirk.
„Moment!" widersprach George. „Was ist mit Sascha?"
„Das haben wir doch schon besprochen", antwortete Kirk. „Sie holt die Karten ab und geht in die Vorstellung."
„Aber wie kommt sie da hin?" erwiderte George.
„Könntest du sie nicht mitnehmen und vor dem Theater aussteigen lassen?" schlug Kirk vor.
„Und wie kommt sie wieder heim?" fragte George.
„Haben wir noch andere Fahrzeuge?" wollte Steve wissen.
„Nur noch meinen Lastwagen", antwortete George.
„Kann Sascha damit fahren?"

Saschas grünes, schulterfreies Satinkleid hob sich markant von ihrer hellen Haut und dem dunklen Haar ab. Im Schlafzimmer, vor dem Spiegel, gestand sie sich ein, daß sie es genoß, sich wieder einmal schön anzuziehen. Sie hoffte, daß sie George gefiel. Aus dem Wohnzimmer hörte sie die Stimmen der Männer. Sie scheute sich etwas, hinüberzugehen, aber sie hatte es nun lange genug hinausgeschoben. Sie warf einen letzten Blick in den Spiegel und hob das Kinn ein klein wenig, das wirkte besser. Sie war zufrieden mit sich, nur nicht mit ihren freien Schultern. Nicht, daß sie unattraktiv gewesen wären, aber es fehlte einfach etwas. Dann erinnerte sie sich plötzlich an die Spitzendecke von ihrer Großmutter.

Sascha ging zur Frisierkommode und öffnete die unterste Schublade. Dieses Spitzentischtuch war ein besonderes Geschenk ihrer Mutter zur Hochzeit gewesen. Großmama Magdalena, zu alt und zu schwach, um mit den anderen aus Rußland zu fliehen, hatte es selbst angefertigt. In der regnerischen Nacht, in der die Familie sich für die Flucht bereitgemacht hatte, hatte sie die wertvolle Spitze ihrer Tochter in die Hand gedrückt und mit Bestimmtheit gesagt: „Nimm das! Gib es einmal deiner Tochter!"

Die Tischdecke lag sorgfältig zusammengelegt unter Kims Babykleidern in der untersten Schublade. Sascha zog sie hervor. Die früher alabasterweißen Spitzen hatten jetzt einen antik wirkenden beigen Farbton angenommen, doch das feine, handgewobene Muster war zeitlos. Sascha ging zum Spiegel zurück, hielt das Tuch an ihr Kleid, faltete es auseinander und legte es über die Schultern. Die

Spitzen wirkten wunderschön auf dem grünen Satin und ihrer zarten Haut. Sascha lächelte, als sie sich so sah. Die Decke, die vor so langer Zeit unter den knochigen Fingern einer alten Russin in den Bergen der Ukraine entstanden war, verwandelte sich nun in einen topmodischen Spitzenschal auf den Schultern einer jungen Amerikanerin, die sich für einen Ballettabend zurechtmachte. Oma Magdalena hätte sich darüber gefreut.

„Sascha!“ sagte George beinahe flüsternd, als sie mit dem Spitzenschal um die Schultern aus dem Schlafzimmer trat. Er stand auf und starrte sie an. Steve und Kirk erhoben sich ebenfalls. „Du... du siehst wunderbar aus“, stammelte George, als Sascha mit dem knisternden Satinkleid auf ihn zukam. Ihr feines Parfüm verbreitete sich im Raum.

„Danke“, antwortete Sascha leise.

„Wir haben gute und schlechte Nachrichten“, begann Kirk.

„Fangen wir mit den guten an“, schlug Sascha lächelnd vor.

„Die gute Nachricht ist die: Du siehst aus, als ob du Aschenputtel beim Ball vertreten solltest“, antwortete Kirk.

„Und die schlechte?“ fragte Sascha.

„Die schlechte ist, daß du mit dem Gemüsewagen fahren mußt.“

„Es tut uns leid“, fügte Steve aufrichtig hinzu. „Aber es gibt keine andere Lösung.“

„Das macht doch nichts“, antwortete Sascha, „ich fahre ja jeden Tag damit.“

„Aber paß auf, daß du um zwölf Uhr wieder zu Hause bist“, bemerkte Steve mit einem anerkennenden Grinsen.

Während Sascha auf dem Gehsteig wartete, holte George den Laster hinter dem Haus und parkte ihn am Straßenrand. Er kletterte aus der Führerkabine, wischte den Kunststoffsitz mit der Hand ab und ließ die Wagentür offen.

„Viel Glück!“ rief Steve Sascha zu, als sie einstieg. Er stand neben Kirk auf dem Bürgersteig.

„Hals- und Beinbruch!“ wünschte Kirk.

Steve sah Harper etwas verärgert an. „Das paßt aber jetzt wirklich nicht!“

Kirk meinte achselzuckend: „Ich weiß doch nicht, was man bei einer Flucht sagt.“

„Nasdarowje“, antwortete Sascha.

George half Sascha in den Lastwagen. Sascha versuchte, so gut es ging, ihr grünes Kleid zu schonen. „Du siehst wunderschön aus", sagte George. Er stand auf dem Trittbrett an der Fahrerseite.

„Ich liebe dich", erwiderte Sascha lächelnd.

„Sei vorsichtig, Sascha", mahnte George.

„Bestimmt!"

George beugte sich zu ihr und gab ihr einen Abschiedskuß. Als sich ihre Lippen voneinander lösten, stieg er vom Trittbrett hinunter und schloß die Tür.

Sascha sah durchs offene Fenster zu ihrem Mann hinunter. „George, wisch dir den Lippenstift weg!" Sie legte den ersten Gang ein und fuhr los. George putzte sich den Lippenstift ab und winkte ihr nach.

„Sie ist der schönste Lastwagenfahrer in ganz Los Angeles", sagte Steve, als der Wagen am Ende der Häuserreihe um die Ecke fuhr und verschwand.

„Nun aber an die Arbeit", meinte Kirk ernsthaft.

Saschas Fahrt verlief ohne Zwischenfälle. Das gab es nur in Los Angeles, daß eine Frau in einem Satinabendkleid mit einem Gemüselaster durch die Stadt fahren konnte, ohne Aufsehen zu erregen. Sascha steuerte den Wagen südwärts in Richtung Hafen. Es war früher Abend, die Sonne stand schon tief im Westen, und auf den Straßen herrschte nur wenig Verkehr. Als sich Sascha der Ausfahrt zum Exposition-Boulevard näherte, fuhr sie langsamer und wechselte auf die rechte Fahrbahn hinüber.

In der Cafeteria des University-Hilton saß Major Wladimir Markoff in der Nähe des Fensters und trank nach dem Abendessen genüßlich eine Tasse Kaffee, bevor er zum Shrine-Auditorium aufbrechen mußte. Dem Kleinlaster, der gerade auf dem Exposition-Boulevard vorbeifuhr, schenkte er keine besondere Beachtung. Er sah auf die Uhr. In wenig mehr als drei Stunden würde die letzte Vorstellung in Amerika beendet sein, und in etwas weniger als zwölf Stunden würden sie im Flugzeug nach Moskau sitzen. Es schien, als hätten sich die Sicherheitsmaßnahmen gelohnt. Alle außer denen, die am Abend noch tanzen mußten, hatten Zimmerarrest, und die Tänzer, die jetzt noch im „Shrine" waren, wurden streng überwacht. Man war diesem Überläufer zuvorgekommen. Da blieb zwar immer noch die Frage, wer dieser Verräter in ihrer Mitte war, aber dieses Problem ließ sich in Moskau besser lösen. Er war sicher, daß der Direktor den Namen schnell haben wollte. Vielleicht konnte er mit den Verhören bereits während dem Flug nach Moskau beginnen. Er winkte einem Kellner in der Nähe, daß er zahlen wollte.

Auf dem Parkplatz direkt neben dem Shrine-Auditorium standen nur glänzende Mercedes, Cadillacs und Lincolns. Die Schlußvorstellung des Bolschoiballetts zog die Creme der Gesellschaft von Los Angeles an. Der zweiundzwanzigjährige Manny Mendoza, der in seinem roten Jackett in der Zufahrt stand und die Parkgelder entgegennahm, hoffte auf mindestens einhundert Dollar Trinkgeld von der Pelz- und Pinguingesellschaft, wie er die Ballettbesucher nannte. Er war nicht wenig erstaunt, als der alte Lastwagen bremste und auf die Parkplatzeinfahrt zuhielt.

Sascha war dreimal um den Häuserblock gefahren und hatte einen Parkplatz gesucht. Aber entweder waren die freien Plätze zu klein für ihren Lastwagen gewesen, oder es stand ein Schild daneben: „Parken verboten – Fahrzeuge werden abgeschleppt." Der bewachte Parkplatz war jetzt ihre einzige Hoffnung. Als sie neben dem Parkplatzwärter hielt, betete sie darum, daß er sie nicht wieder wegschicken würde, denn der junge Mexikaner schien beim Anblick ihres Wagens nicht gerade begeistert. „Sie wollen hier parken?" fragte er ungläubig, während er das Fahrzeug musterte.

„Ja, gern", antwortete Sascha. Es warteten bereits zwei Autos hinter ihr.

„Ich hab' keinen Platz für Lastwagen", erwiderte Manny schroff und sah, wie schon ein dritter Wagen sich einreihte.

„Bitte, ich finde sonst keinen Platz zum Parken", bat Sascha eindringlich.

Nun begann es hinter dem Lieferwagen zu hupen. Manny wußte, daß die Pelz- und Pinguingesellschaft nicht gerne wartete.

„Okay, okay", gab er nun schnell nach. „Aber sie müssen den doppelten Preis zahlen, weil Sie zwei Plätze brauchen."

„In Ordnung", antwortete Sascha.

„Zehn fünfzig", verlangte Manny.

Sascha nahm ihren Geldbeutel vom Beifahrersitz und öffnete

ihn. Für zehn Dollar und fünfzig Cents könnte sie George ein neues Hemd oder Schuhe für Kim kaufen. Sie fand es schrecklich, daß sie das Geld fürs Parken ausgeben mußte, aber sie hatte keine andere Wahl. Nun hupte es schon wieder hinter ihr. Ihr Herz klopfte überlaut, und ihre Finger zitterten, als sie die Geldscheine zählte. Sie fand einen Fünfdollar- und drei Eindollarscheine – acht Dollar zusammen. Sie zog sie heraus und öffnete das Kleingeldtäschchen. Ein Vierteldollar-, ein Zehncentstück und zwei Pennies waren darin. Sie atmete tief ein und sah den jungen Parkplatzwächter an. „Es tut mir leid, ich habe nur acht Dollar siebenunddreißig."

Wieder hupte jemand ungeduldig. Manny war verärgert. Es war nun ganz klar, daß die Frau nicht mehr zurückfahren konnte wegen all den Autos, die hinter ihrem Wagen warteten, und er hatte keine Zeit, ihr die Schranke bei der Ausfahrt zu öffnen. „Geben Sie mir das Geld!"

Sascha ließ die acht Dollar und siebenunddreißig Cents in Mannys Hand fallen.

„Parken Sie ganz hinten!" befahl er ihr wütend.

Sascha war froh, daß sie den Wagen abstellen und sich unter die Menge mischen konnte, die dem Eingang zum Shrine-Auditorium zuströmte. Sie hatte jetzt nicht mehr das Gefühl, sich von den anderen zu unterscheiden, außer daß sie allein war.

Auf dem Bürgersteig begegneten ihr lauter freundliche, lächelnde Gesichter, und vor dem Auditorium standen unzählige Menschen. Sie schienen sich alle zu kennen. Pelz- und goldgeschmückte Frauen grüßten einander, indem sie sich flüchtig küßten und umarmten, während sich die Männer eifrig die Hände schüttelten. Sascha fühlte sich sehr einsam und verlassen. Sie wurde noch ängstlicher, als sie sah, daß es drei Kartenschalter gab. Die Schlange der Wartenden war vor allen drei Schaltern gleich lang, und sie zögerte, ehe sie sich entschied, sich in der ersten Reihe anzustellen.

Im Schneckentempo ging es vorwärts, und nach zwanzig Minuten stand Sascha endlich vor dem Schalter.

„Ja, bitte?" fragte die grauhaarige Frau vor ihr mechanisch.

„Es sind Karten für mich da zum Abholen", antwortete Sascha freundlich. „Mein Name ist Rollins."

„Vorbestellte Karten sind am Schalter B."

„Schalter B?" fragte Sascha enttäuscht, „wo ist...?"

„In der Mitte“, unterbrach die Frau sie ungeduldig.

„Danke!“ Sascha ging weg.

In der zweiten Schlange mußte sie nochmals fünfzehn Minuten warten. Eine Frau hinter ihr bemerkte: „Ach, was für ein schöner Schal! Haben Sie den hier in Los Angeles gefunden?“

„Nein“, antwortete Sascha, „den habe ich aus Europa.“

„Ja, dort kaufe ich auch meistens ein“, meinte die Frau und lächelte.

Nun war Sascha endlich an der Reihe. Hinter dem Schalter saß ein junger Angestellter in weißem Hemd und mit Schlips.

„Ich möchte Karten abholen. Mein Name ist Rollins, Sascha Rollins.“

Der junge Mann blätterte eine Kartei durch, die mit „bezahlte Karten“ angeschrieben war. Sascha hielt den Atem an, während sie beobachtete, wie er die Karten durchsah. Schließlich hielt er inne, schob den Karteikasten weg und sah Sascha an. „Tut mir leid, ich kann nichts finden unter diesem Namen. Vielleicht sollten Sie es einmal bei den Reservierungen versuchen.“

Sascha war traurig und verzweifelt. „Sie müssen aber da sein!“ wehrte sie sich.

„Entweder kaufen Sie jetzt eine Karte, oder Sie gehen!“ befahl ihr der ernste junge Mann hinter dem Glas.

Enttäuschung und ein Gefühl der Ohnmacht trieben ihr die Tränen in die Augen. „Ach Gott, hilf mir!“ rief sie in ihrem Herzen.

„Hören Sie.“ Die Frau hinter ihr klopfte ihr leicht auf die Schulter. „Mir ist das auch schon mal passiert. Sagen Sie ihm, er soll unter dem Namen Ihres Mannes nachsehen. Wir leben doch immer noch in einer Männerwelt.“

„Schauen Sie bitte unter George Rollins nach!“ Saschas Stimme zitterte.

Der elegante junge Mann war sichtlich verärgert, doch er gab nach und griff wieder nach der Kartei. Während seine Finger die Karten durchgingen, betete Sascha inständig. Plötzlich hielt der Mann inne und sah Sascha an. „Wie war der Name, George Rollins?“

„Ja.“

„Mr. und Mrs. George Rollins“, sagte der junge Mann nun lächelnd und zog zwei Karten hervor. „Viel Vergnügen, Mrs. Rollins!" wünschte er und ließ die Billetts unter der Scheibe hindurchgleiten.

Sascha hatte gerade noch Zeit, sich ein Programm zu besorgen und ihren Platz zu suchen, ehe die Lichter ausgingen. Musik begann zu spielen, als sich der Vorhang hob. Auf dem Umschlag des Programmhefts waren Leonid Koslow und Valentina Koslowa, die beiden Stars des „Schwanensee", abgebildet. Fast zärtlich zog Sascha mit dem Finger die Konturen des Bildes nach und sah dann zur Bühne.

Sie war von der Schönheit und Anmut des Stücks tief ergriffen. Es war das erste Mal, daß sie ein Ballett live sehen konnte. Leonid, mit seinen langen Armen und Beinen, tanzte den Prinz Siegfried mit einer Eleganz und Leichtigkeit, die das Gesetz der Schwerkraft vergessen ließ. Seine Bewegungen und sein Ausdruck standen in solchem Einklang mit der Musik, daß man hätte glauben können, sie wäre sein eigener Atem. Wie gebannt saßen die fünftausend Zuschauer in andächtiger Stille, und für einen Moment waren sie wie gefangen.

Leonid Koslow wußte, daß dies seine letzte Vorstellung mit dem Bolschoiballett war, und er hatte seiner Frau Valentina heimlich geschworen, daß sie seine beste werden würde. Für Leonid bedeutete dies mehr als eine Aufführung des „Schwanensee": der Tanz war für ihn ein echter Schwanengesang. Er gab alles, was er in den langen Jahren beim Bolschoi an Können und Disziplin gelernt hatte, und er war hervorragend.

Valentina Koslowa war eine echte russische Schönheit, und alle, die sie bereits tanzen gesehen hatten, wußten darum, doch heute ging etwas Besonderes von ihr aus, heute brillierte sie. Und nur drei Menschen im vollbesetzten Saal kannten den Grund: Valentina, ihr Mann Leonid und Sascha Rollins, die inmitten den Publikums saß und wartete.

Sascha wurde von der Pause völlig überrascht, so sehr hatte sie die Vorstellung gefesselt. Der donnernde Applaus und die Beifallsrufe rissen sie in die kalte Wirklichkeit zurück. Für das Publikum bedeutete die Pause ein willkommener gesellschaftlicher Anlaß: man wollte sehen und gesehen werden. Darum drängten die meisten in die Gänge und zur Vorhalle. Doch Sascha Rollins mischte sich nicht unter sie. Sie blieb sitzen, weil sie befürchtete, die Kontaktperson zu verpassen. Ihr Herz klopfte so heftig, daß sie glaubte, kaum noch Luft holen zu können. Der Gedanke daran, was nun geschehen würde, machte ihr Angst. Sie atmete nervös und hastig. Sie stellte sich bereits vor, wie man sie, blau im Gesicht und bewußtlos, auf einer Bahre aus dem Saal trug. Sie hielt den Atem an, um seinen Rhythmus wieder unter Kontrolle zu bekommen. Plötzlich kam ihr der Psalm in den Sinn, den sie in der Nacht vorher noch vor dem Einschlafen gelesen hatte: „Seid getrost und unverzagt, alle die ihr des Herrn harret!" Sascha dankte still ihrem Gott, und dabei wurde sie wieder ruhiger.

Während sie so saß und wartete, ließ sie sich den Plan nochmals durch den Kopf gehen. Der Kontaktmann würde fragen: „Wieviel Uhr ist es in Moskau?" Und sie würde ihm daraufhin sagen, was für ein Wagen hinter dem „Shrine" wartete. Es war so einfach, sie konnte gar nicht verstehen, warum sie sich fürchtete; doch diese Einsicht allein half ihr nicht weiter. Sie hoffte nur, daß es George gutging. Sie betete schon zum hundertsten Mal, Gott möge ihn doch bewahren. Als Sascha den Kopf hob und umhersah, fing sie den Blick eines Mannes auf, der vier Reihen weiter vorn auf der rechten Seite saß. Er drehte sich um und stützte seinen Arm auf die Sitzlehne. Er war attraktiv, zwischen dreißig und vierzig Jahre alt und trug einen grauen Smoking mit einer roten Nelke im Revers. Er lächelte, als er Saschas schüchternem Blick begegnete. Sie sah schnell weg, doch dann überlegte sie, daß er vielleicht der Kontaktmann war, blickte wieder zu ihm hin und lächelte zurück. Er stand auf und ging zum Mittelgang. Einen Augenblick später stand er neben Sascha. Er roch nach Zigaretten und Alkohol. „Sie tragen ein wunderschönes Kleid", sagte er mit routiniertem Charme und zeigte seine weißen, regelmäßigen Zähne.

„Danke", erwiderte Sascha bescheiden und sah ihn dabei nur schnell an.

„Das Programm hat mir gefallen", fuhr er fort, „aber die Pause genieße ich nun fast noch mehr."

„Sie wird schon bald vorüber sein", meinte Sascha.

„Glauben Sie?" fragte der Mann und blickte auf seine goldene Armbanduhr. „Mal sehen, wie spät ist es denn?"

„Es ist ein weißer Kleinbus", sagte die aufgeregte Sascha schnell und leise zu ihm.

Der Mann betrachtete Sascha einen Moment lang. Er machte ein erstauntes Gesicht. Sascha bemerkte es. „Es ist ein weißer Kleinbus", wiederholte sie, weil sie meinte, er hätte sie nicht verstanden.

Nun lächelte der Mann erfreut. „Sie können sich aber sehr schnell entscheiden, was, Schätzchen?"

„Wie bitte?" fragte Sascha.

„Sie möchten sich mit mir bei Ihrem Bus treffen, oder nicht?" wollte der Mann nun genauer wissen.

„Nein!" erwiderte Sascha empört. „Es tut mir leid, Sie sind nicht die Person, die ich erwartet habe."

Der Mann sah Sascha noch einmal forschend an und nickte. „Tut mir auch leid." Dann wandte er sich ab und ging weg.

Sascha hielt vor Scham und Verlegenheit die Augen niedergeschlagen. Was für ein Dummkopf war sie doch! Sie hatte einen so blödsinnigen Fehler gemacht! Einen Fehler, der Leonids und Valentinas Sicherheit, ja vielleicht ihr Leben bedrohen konnte. Ihre Angst und innere Spannung machten sie beinahe verrückt, als ihr jemand leicht auf die Schulter klopfte. Sascha schreckte hoch.

„Drehen Sie sich nicht um", warnte eine Stimme auf englisch mit einem schweren, russischen Akzent.

Sascha erkannte die Stimme vom Telefon sofort wieder. Sie gehorchte und richtete ihre Augen auf die Bühne vorne und den schweren Vorhang, der sich bald für den Schlußakt heben würde.

Obwohl nur wenige Sekunden verstrichen, bis der Mann weitersprach, kam Sascha diese Zeit wie eine Ewigkeit vor. „Wissen Sie, wieviel Uhr es in Moskau ist?" fragte er leise.

„Es ist ein weißer Kleinbus", stieß Sascha hervor.

Wieder war es einen Moment lang still, dann legte der Mann seine Hand auf Saschas Schulter. „Danke!" sagte er ruhig auf russisch, und die Hand verschwand. Sascha wandte sich nicht um. Tränen der Erleichterung traten ihr in die Augen.

Im Saal blinkten die Lampen als Zeichen, daß die Pause bald vorüber sein würde. Die Galabesucher hatten genug geplaudert und geraucht und kehrten jetzt zu ihren Plätzen zurück. Sascha hatte sich etwas erholt und verspürte ein gewisses Wohlbehagen. Sie war die einzige Person im ganzen Publikum, die wußte, wie besonders dieser Schlußakt in Wirklichkeit sein würde. Zumindest war sie die einzige, bis der stämmige KGB-Agent Sergei Romanowitsch den Mittelgang heraufkam und sich mit suchenden Blicken durch die entgegenflutende Menge drängte. Er wirkte hier genauso bedrohlich und furchteinflößend wie an dem Tag, als Sascha ihm im Kaufhaus am Broadway begegnet war.

Sascha hatte gerade begonnen, sich etwas zu entspannen. Der Kontakt war zustandegekommen. Jetzt konnte kaum noch etwas schiefgehen. Sie freute sich auf den Schluß des „Schwanensee", als sie Romanowitsch entdeckte. Seine schmalen, dunklen Augen schienen direkt in ihr Herz zu dringen und die Verschwörung bloßzulegen. Sie kam sich plötzlich vor wie ein gehetzter Hase, der einem zähnefletschenden Hund in die Fänge geraten ist. Der Schreck nahm ihr den Atem, und es lief ihr kalt den Rücken herunter. Schnell schlug sie die Augen nieder und hoffte, der Agent habe sie nicht erkannt. Sie zwang sich, tief Luft zu holen, doch wurde fast ein schluchzender Laut daraus, so daß der Mann neben ihr befremdet zu ihr hinüberblickte. Sie mußte wissen, ob der Agent sie entdeckt hatte. Sie wagte kurz aufzublicken und begegnete wieder dem durchdringenden, starren Blick, der noch immer auf sie gerichtet war.

Jetzt gingen endlich die Lampen aus, die Musik setzte ein, und der Vorhang hob sich. Im Dunkel wagte Sascha es noch einmal, aufzublicken, und sie sah, wie der dunkle Schatten von Romanowitschs massigen Körper sich den Gang hinaufbewegte und in der Dunkelheit verschwand. Sie saß vor Angst wie erstarrt. Es bestand nun kein Zweifel mehr. Der Mann hatte sie erkannt.

Romanowitsch ging zur Toilette und zündete sich dort eine Zigarette an. Er versuchte verzweifelt, sich daran zu erinnern, wo er diese Frau im grünen Satinkleid schon einmal gesehen hatte. Es ärgerte ihn, daß ihn sein Gedächtnis so einfach im Stich ließ, als er den gedämpften Applaus zur Einleitung des letzten Aktes hörte. Jetzt würde Leonid Koslow auf die Bühne kommen, und plötzlich erinnerte sich Romanowitsch! Die junge Frau war aus den Umkleidekabinen im Warenhaus gekommen, wo Koslows Frau Valentina Kleider anprobiert hatte. Sie also war Sascha, und die Koslows waren die Überläufer! Nun würde er sich doch noch an Koslow rächen können.

Sergei lächelte und nahm einen letzten Zug aus seiner Zigarette. Dann ließ er sie zu Boden fallen, trat sie aus und ging hinaus, um Major Markoff zu suchen.

9

Tanz in die Freiheit

Die drei Männer saßen im weißen Kleinbus auf dem Parkplatz von Winchells Schnellimbiß an der Kreuzung Adams-, Figueroastreet. Tildens grüner VW und Kirks Datsun standen ganz in der Nähe. Jeder hielt einen Styroporbecher mit Kaffee in der Hand. George dachte an Sascha. Er wußte, daß der Kontakt inzwischen erfolgt sein mußte. Er hoffte, daß sie das Ballett genießen konnte. Sie hatte so schön ausgesehen! „He, George!" unterbrach Kirk seine Gedanken.

George, der hinter dem Steuer saß, blickte zu Kirk hinüber. Der hatte es sich auf dem Beifahrersitz bequem gemacht und die Beine auf die gepolsterte Ablage gelegt. Tilden hockte hinter Kirk auf dem Wagenboden in der offenen Seitentür. „Hm?" brummte George versonnen statt einer Antwort.

„Warum machst du das?" fragte Kirk.

„Was denn?" George hatte keine Ahnung, was sein Schwager meinte.

„Diesen Überläufern helfen", antwortete Kirk. „Was hast du davon?"

„Darüber hab' ich noch gar nicht nachgedacht."

„Machst du es, weil du Christ bist?" hakte Kirk nach.

George war überrascht, denn Kirk sprach ihn sonst fast nie auf seinen Glauben an. „Wahrscheinlich hat es was damit zu tun", gab er zu. „Und wie ist es bei dir? Warum machst du mit?"

„Das hängt mit seinem Kopfgeldjägerinstinkt zusammen", witzelte Tilden von hinten.

„Ja, stimmt irgendwie", räumte Kirk ein. „Es ist der Nervenkitzel. Wahrscheinlich einer der Gründe, weshalb Steve und ich Polizisten sind. Aber zu dir paßt das nicht", sagte er mit einem Blick auf Georges langes Haar. „Du bist kein Polizistentyp. Du siehst eher aus wie ein verspäteter Hippie."

„Um ehrlich zu sein", begann George nun, „ich hab' lange überlegt, ob ich bei der Sache mitmachen soll oder nicht. Mir fielen lauter gute Gründe ein, die dagegen sprachen, aber nur wenige dafür."

„Verständlich", meinte Kirk. Eine Zeitlang waren alle still. „Warum also machst du es dann? Du bist doch sonst nicht der Typ, der mit dem Kopf durch die Wand geht."

„Da hast du recht. Ich würde es bestimmt nicht nur aus reiner Lust am Abenteuer tun oder um mich als Held zu fühlen. Aber ich weiß, daß ich mich nach allem, was Christus für mich getan hat, nicht einfach egoistisch raushalten und anderen meine Hilfe verweigern kann."

Steve interessierte sich plötzlich sehr für das Gespräch. „Du versuchst also, Gott etwas dafür zurückzuzahlen, daß er dir vergeben hat", stellte er fest, als ob er genau verstanden hätte, worum es ging.

„Nein, überhaupt nicht", erwiderte George. „Die Erlösung kostet nichts, Gott stellt keine Bedingungen. Wir könnten gar nicht gut genug leben, um uns den Zugang zum Himmel zu verdienen, und Gott will das auch gar nicht, nicht mal versuchen sollen wir's. Die Schuld für unsere Sünde ist so hoch. Wir könnten sie ohnehin nicht bezahlen. Darum hat Jesus sie bezahlt. Aber er will nicht, daß wir ihm etwas zurückzahlen."

„Klingt fast zu schön, um wahr zu sein", meinte Steve.

„Aber es *ist* wahr!" bestätigte George voller Überzeugung. „Schon der Versuch, ihm etwas zurückzahlen zu wollen, ist letztlich eine Beleidigung für Gott und auch ein Zeichen des Unglaubens."

„Woher willst du das wissen?" fragte Steve, nicht herausfordernd, sondern aufrichtig.

George zitierte aus dem Gedächtnis: „‚Denn aus Gnade seid ihr gerettet worden durch den Glauben, und das nicht aus euch; Gottes Gabe ist es; *nicht aus den Werken*, damit niemand sich rühme.' Das steht in der Bibel; im Epheserbrief. Und in Titus 3, Vers 5 heißt es: ‚Er rettete uns, *nicht um der Werke willen* der Gerechtigkeit, die wir getan hatten, sondern nach seiner Barmherzigkeit...'"

„Aber ich hab' immer gemeint, man müsse gut sein, um in den Himmel zu kommen", unterbrach ihn Steve.

„Nach Gottes Maßstab war nur Jesus *wirklich* gut", erwiderte George. „Gott verlangt nicht, daß der Mensch gut wird, damit er errettet werden kann. Er errettet ihn und macht ihn dann gut, indem er ihn immer mehr Jesus ähnlich macht. Das ewige Leben ist ein Geschenk, verstehst du?" Er hielt einen Augenblick inne und fuhr dann, als keiner der beiden anderen etwas sagte, leise fort: „Man erhält dieses Geschenk durch den Glauben... gib einfach vor Gott zu, daß du ein Sünder bist, der Erlösung braucht, und vertraue auf Christus, deinen Retter."

„Du redest, als ob das die einfachste Sache der Welt wäre", sagte Kirk.

Die nächsten paar Minuten blieb es wieder still.

Kirk nahm die Füße vom Armaturenbrett und warf einen Blick auf die Uhr. „He, wißt ihr überhaupt, wie spät es ist?" rief er. „Gleich fängt unser kleines Straßentheater an."

„George, du fährst als erster", bestimmte Steve, als er durch die Seitentür aus dem Wagen stieg. „Und sei vorsichtig", fügte er hinzu und schloß die Tür.

Kirk öffnete die Tür auf der Beifahrerseite und rutschte ebenfalls hinaus. „Also, bis nachher!" zwinkerte er George zu. „Und vergiß nicht: Sprich nicht mit Fremden!" Er schlug die Wagentür zu, aber nach ein paar Schritten drehte er sich noch einmal um. „Sei vorsichtig!" sagte auch er.

„Bestimmt!" George holte tief Luft. „Jetzt geht's also los", flüsterte er und drehte den Zündschlüssel. Der Anlasser war zu hören, der Motor krächzte, aber der Wagen sprang nicht an.

„Drück das Gaspedal durch! Der Motor spinnt manchmal ein bißchen", rief Steve aus der Dunkelheit.

George trat mehrmals auf das Gaspedal und drehte wieder den Schlüssel. Wieder war der Anlasser zu hören, der Motor drehte, hustete und spuckte, und schließlich lief er an. Mit einem erleichterten „Gott sei Dank!" legte George den ersten Gang ein.

Die Vorderseite des Shrine-Auditoriums war hell erleuchtet, und auf dem Platz davor wimmelte es von Demonstranten der Jüdischen Liga, Neugierigen, Sicherheitsbeamten und Presseleuten, die sich noch eine gute Story für die sonst eher langweiligen Sonntagabendnachrichten erhofften. Am Bordstein entlang standen die schweren Limousinen mit den gelangweilt wartenden Fahrern Stoßstange an Stoßstange. George bremste im Vorbeifahren etwas ab, um alles besser überblicken zu können, doch ein Streifenpolizist in schwarzen, glänzenden Stiefeln und mit weißem Helm pfiff und bedeutete ihm weiterzufahren. Das ganze Schauspiel hatte auf George eine ernüchternde Wirkung. Ihn fröstelte plötzlich, und sein Magen zog sich zusammen. Daß es hier nicht um ein schnelles Abenteuer ging, wurde spätestens jetzt deutlich.

Es war ein milder, mondloser Abend, und die Straße hinter dem Shrine-Auditorium lag in tiefer Dunkelheit. George lenkte den Wagen von Westen her in die Durchfahrt. Das Licht der Scheinwerfer glitt über Berge von Abfall, der auf dem Asphalt herumlag, und George hatte Mühe, um die kaputten Flaschen herumzufahren. Er hatte die Rückseite des turmhohen „Shrine“ schon fast erreicht, als unter einem der Hinterräder eine Bierflasche zerbrach. Er verzog das Gesicht, als hätten die zackigen Scherben ihn direkt in die eigenen Fußsohlen geschnitten. Er betete, daß es dem Reifen nichts ausgemacht habe, und fuhr weiter.

Über der Laderampe an der Rückseite des Gebäudes brannte schwach eine einsame Glühbirne. Darunter war eine Warntafel: „Zutritt für Unbefugte verboten“. Eine ganze Reihe schwerer Vorhängeschlösser hing an der großen Schiebetür. Zu Georges Erleichterung war niemand zu sehen.

Er fuhr langsam die Rückseite des Gebäudes entlang, bis er um eine Ecke herum wieder in Richtung Norden sehen konnte. Dann hielt er am rechten Straßenrand, stellte die Scheinwerfer ab und wandte sich zur Seite, um die dunklen, unheilvoll wirkenden Umrisse des klotzigen Auditoriums zu betrachten. An der östlichen Seite, ganz in seiner Nähe, brannte eine rote Glühbirne. George wußte, daß dort der Notausgang war. Er wollte gerade den Motor abstellen, als ihn plötzlich eine lähmende Angst überkam, daß der Wagen vielleicht nicht mehr anspringen würde, und er beschloß, den Motor laufen zu lassen. Wieder blickte er durch das offene Fenster in die stille Nacht hinaus und horchte. Aus dem Auditorium ertönte leise, gedämpft die Orchestermusik. „Herr, hilf uns!“ flüsterte er.

Endlich hatte KGB-Agent Sergei Romanowitsch Major

Markoff auf dem Westflügel der Bühne gefunden. Markoff unterhielt sich gerade leise mit einer brünetten Ballerina mit dunklen Augen. „Entschuldigen Sie, Genosse!“ sagte Romanowitsch und tippte dem Major auf die Schulter. Markoff wandte sich um und blickte Romanowitsch verärgert an. „Es ist wichtig“, betonte Romanowitsch.

Markoff hielt seinen Mund nahe ans Ohr der Tänzerin. Was er ihr sagte, konnte man wegen der Musik nicht verstehen, doch die Augen des Mädchens wandten sich zu Romanowitsch. Sie lächelte, nickte dem Major zu und ging. Als sie verschwunden war, fragte er den Agenten: „Was gibt's, Sergei?“

„Ich glaube, ich weiß, wer der Überläufer ist“, erklärte Romanowitsch lächelnd.

Mit einem Schlag wurde Markoff ernst. Unwillkürlich straffte er sich. „Wer?“ fragte er nur.

Romanowitsch nickte mit dem Kopf nach der hell erleuchteten Bühne hinter sich, wo Leonid Koslow gerade einen hohen Sprung vollführte. „Der da!“ knurrte er.

„Koslow?“ zischte Markoff ungläubig. „Wie kommst du darauf?“ Er wollte Beweise.

Romanowitsch hatte die Frage erwartet. „Ich begleitete Koslow und seine Frau am Freitag in ein Warenhaus. Valentina probierte sehr viele Kleider an und blieb lange Zeit in den Umkleidekabinen, wo sie sich mit einer Frau unterhielt. Dieselbe Frau sitzt jetzt in Reihe zwölf, auf Platz D. Der Platz neben ihr ist leer.“

„Sascha!“ stieß Markoff hervor.

„Ja, genau, Sascha.“

Der Major überlegte blitzschnell. „Hol sofort Roschkow, Vanagel, Barsukow und Lisowsky hinter die Bühne.“ Im Ensemble war diese Gruppe allgemein als die „Fünferbande“ bekannt, fünf große, kräftige, humorlose Kerle, die jedem Schlägertrupp Ehre gemacht hätten. Ihre einschüchternde Wirkung – sowohl physisch wie auch psychisch – schien Markoff jetzt genau das Richtige. „Sobald Leonid und Valentina nach dem letzten Applaus von der Bühne kommen, nehmt ihr sie fest. Ich komme dann mit euch ins Hotel.“

„Wird mir eine Freude sein“, meinte Romanowitsch und grinste.

„Inzwischen“, fügte Markoff finster hinzu, „sage ich schnell unserer Freundin Sascha guten Tag.“

George zog seine Taschenuhr hervor und hielt sie im schwachen Licht dicht vor die Augen. Es schien ihm, als würde er bereits Stunden warten, doch waren erst zehn Minuten verstrichen. Von der Wärme des laufenden Motors und der inneren Anspannung war er wie in Schweiß gebadet. Sogar die Füße schienen zu glühen, und er bemerkte, daß die Windschutzscheibe langsam beschlug. Er beugte sich nach vorn und versuchte angestrengt, den Temperaturanzeiger am Armaturenbrett zu erkennen. Sein Herz begann heftig zu schlagen, als er sah, daß die dünne Nadel bereits nach oben ausschlug. Der Motor war völlig überhitzt! Unter der Haube quoll bereits Wasserdampf hervor, der sich sofort verflüchtigte. Der Motor lief immer lauter und unregelmäßiger. George drückte aufs Gas, um den Motor zu kühlen und in einen ruhigeren Lauf zu bringen. Das Herz klopfte ihm im Hals.

Major Markoff gab einem Platzanweiser fünf Dollar, damit er für ihn nachsah, ob der Platz neben Sitz D in Reihe zwölf noch immer frei war. Er wartete an der Rückwand des Saals, bis der junge Mann zurückkam. „Er ist noch frei. Soll ich Sie hinführen?“

„Danke, danke, nicht nötig“, antwortete Markoff freundlich. „Ich finde ihn schon.“

Saschas Nerven waren zum Zerreißen gespannt. Die Freude und die Ablenkung, die sie noch vor der Pause empfunden hatte, waren gewichen. Sie konnte nur noch an die eiskalten Augen des kräftigen Mannes denken. Aber Leonid und Valentina waren noch immer auf der Bühne und tanzten. Selbst wenn der Mann sie erkannt hatte, wußte er ja noch nichts von ihrem Plan. Das versuchte sie sich immer wieder einzureden und war schon fast überzeugt davon, als ein Mann in ihre Reihe kam, an den ersten zwei Sitzen vorbeiging und sich auf den freien Platz neben ihr setzte. Sascha hielt die Augen starr auf die Bühne und die Tänzer des „Schwanensee“ gerichtet, doch ihre Gedanken waren bei der Karte für den Platz neben ihr – und die lag in ihrem Geldbeutel. Ihre Nasenflügel bebten vor Erregung, während ihr unzählige Fragen und Ängste durch den Kopf schossen. Woher wußte er, daß der Platz frei war? Er war direkt darauf zugesteuert. War er vom KGB? Oder vom FBI? Womöglich war er die Kontaktperson? Mußte er zurückkommen, um den Plan zu ändern? Vielleicht war er nur ein Ballettfan, der zu spät gekommen war? Oder war er ihr schon den ganzen Abend gefolgt? Nun neigte er sich zu ihr hinüber und fragte leise flüsternd: „Sascha, ist alles bereit?“

War es dieselbe Stimme? Warum war er zurückgekommen? Hatte er den anderen Mann auch gesehen? Wollte er ihr Gelegenheit geben, es sich anders zu überlegen? Wenn er nicht geflüstert hätte, hätte sie erkennen können, ob es dieselbe Stimme war. Aber er wußte ja ihren Namen. Er mußte es sein! „Ja“, antwortete sie mit einem Nicken des Kopfes und einem schnellen Blick. Aber sie konnte nur seinen Schatten erkennen.

Still saßen sie Schulter an Schulter und folgten dem Ballett einen endlos langen Augenblick. Dann stand der Mann auf, ging zum Mittelgang und verschwand.

Kirk Harper, der einen Block weiter am Ende der Straße geparkt hatte, sah die zwei Polizisten auf ihren schweren Motorrädern um die Ecke biegen, und im Licht ihrer Scheinwerfer konnte er erkennen, daß sie direkt auf Georges leerlaufenden Kleinbus zusteuerten. Als ihre Bremslichter aufleuchteten, wußte er, daß George in Schwierigkeiten war.

George schlug das Herz bis zum Hals, als er im Rückspiegel beobachtete, wie die beiden behelmten Polizisten hinter seinem Wagen von ihren Motorrädern stiegen. Er hatte keine Ahnung, was er ihnen sagen sollte. Er war sich nicht einmal sicher, ob er überhaupt sprechen konnte. Wie konnte er ihnen erklären, warum er hier in einem überhitzten Kleinbus saß? Bestimmt würden sie ihn festnehmen. Sie waren schon ganz nahe. Seine Angst wich dem übermächtigen Gefühl, versagt zu haben. Aus dem Saal vernahm man den tosenden Applaus der Menge. Es war zehn Uhr.

Die beiden Beamten schritten unaufhaltsam auf das Führerhaus des Kleinbusses zu, als ein Datsun im zweiten Gang an ihnen vorbeidonnerte. Das Geheul des Motors und der Schein der Rücklichter gingen fast unter in der Wolke von Staub und Dreck, die der Wagen aufwirbelte. Die Polizisten rannten zurück zu ihren Motorrädern und jagten dem Auto nach. George stieß einen Seufzer der Erleichterung aus.

Steve Tilden, der am anderen Ende der Straße in seinem VW saß, sah, wie ein Paar Scheinwerfer auf ihn zurasten, und meinte sofort, es sei der Kleinbus. Er lächelte und startete den VW. Doch er war nicht wenig überrascht, als Kirks Wagen an ihm vorbeizischte. Und seine Überraschung wurde noch größer, als er sah, daß zwei Motorradstreifen mit Blaulicht und Sirenengeheul hinter Kirk herjagten. Er stellte sofort den Motor wieder ab und duckte sich quer auf die Vordersitze. Die schweren Maschinen sausten vorbei ohne abzubremsen.

Kirk Harper raste drauflos wie ein Wilder, er kurvte um Ecken und jagte durch die Straßen. Er wußte, daß es nur wenige Sekunden dauern würde, bis sich weitere Polizisten der Verfolgungsjagd anschließen würden, und dann war er erledigt. Jetzt war die letzte Gelegenheit zu entkommen. Er schaltete herunter und warf einen Blick auf den Tacho. Die Nadel stand auf über hundert. Im Rückspiegel sah er, daß die beiden Motorräder fast einen Häuserblock hinter ihm waren. Er riß das Steuer nach rechts und bremste abrupt ab. Der Wagen reagierte mit quietschenden Reifen. Noch zweimal bog er ziemlich plötzlich nach rechts ab und dann einmal nach links, ehe er wieder in den Rückspiegel blickte. Niemand war zu sehen. Er schaute wieder nach vorn und suchte eine Einfahrt. Dann trat er voll auf die Bremse, so daß sein Datsun fast ins Schleudern kam, schoß wie ein Pfeil in eine Einfahrt hinein und löschte die Scheinwerfer. Nur Sekunden später sausten die beiden Motorräder mit Sirenengeheul vorbei.

Im Shrine-Auditorium stand Sascha inmitten der Menschenmenge und klatschte den beiden Stars des Abends, Leonid und Valentina Koslow, zu, die sich immer wieder dem begeisterten Publikum zeigen mußten. Ihr Herz klopfte zum Zerspringen. Der Applaus und die Beifallsrufe schwollen immer weiter an, und ein Mal um das andere mußte sich der Vorhang heben. Sascha biß sich auf die Lippen, schloß die Augen und betete.

10

Die Flucht

Major Markoff, KGB-Agent Sergei Romanowitsch und ihre vier kräftigen Genossen warteten auf der Westseite der Bühne. Nachdem die Koslows zum vierten Mal vor den Vorhang gerufen worden waren, begann Romanowitsch allmählich ungeduldig zu werden. Als sie nun wieder von der Mitte der Bühne zurücktraten und der Vorhang sich langsam schloß, machte er ein paar Schritte nach vorn und packte sie am Arm. „Kommt mit!" befahl er.

Leonid wechselte einen schnellen, besorgten Blick mit seiner Frau. Valentinas Gesichtsausdruck spiegelte deutlich ihre Furcht und Verzweiflung. Man hatte sie erwischt! Das bedeutete nicht nur Rückkehr nach Rußland, sondern auch Verhör und Gefängnis. Leonid überlegte, ob er sich wehren sollte. Doch es standen so viele Männer herum, daß er schnell überwältigt werden würde, und selbst wenn er eine Chance hätte – Valentina wäre verloren. Er leistete darum keinen Widerstand, als Romanowitsch sie von der Bühne abführte. Keiner sprach ein Wort. Es gab nichts zu sagen. Leonid beschloß im stillen, zu behaupten, seine Frau habe nichts von dem Plan gewußt. Das würde sie vielleicht vor dem Gefängnis retten.

„Halt!" rief Major Markoff plötzlich vom Rande der Bühne. Die Beifallsrufe und der donnernde Applaus des begeisterten Publikums, das nichts von dem Drama hinter dem Vorhang ahnte, dauerten weiter an. Romanowitsch, der die erschrockenen Koslows abführte, blieb stehen. Es war, als sei hinter der Bühne die Zeit stehengeblieben. Die Ensemblemitglieder wußten alle, daß etwas nicht stimmte, wenn die Fünferbande auftauchte, und es war nun offensichtlich, daß die Koslows der Grund waren. Die Warterei seit der vergangenen Nacht und der Zimmerarrest hatten jetzt ein Ende, und mit der Festnahme der Koslows konnten die anderen zumindest für einen kurzen Augenblick aufatmen. Fast ehrfürchtig sahen sie zu, wie das Paar von der Bühne abgeführt wurde. „Sie sollen sich dem Publikum noch einmal zeigen!" befahl Markoff, denn er wollte weder das Publikum verärgern noch durch das plötzliche Verschwinden der Koslows die Neugier der westlichen Presse erregen.

Romanowitsch ließ Leonid und Valentina los.

Leonid nahm Valentinas Hand und führte sie zurück zur Mitte der Bühne. Dort stellten sie sich zurecht, und der Vorhang öffnete sich ein weiteres Mal. Der Applaus und die Zurufe schwollen an. Leonid und Valentina verbeugten sich tief.

Major Markoff wartete. Er wußte, daß dies für die Koslows die allerletzte Verbeugung war. Und wie fast alle Russen hegte er eine tiefe Liebe zum Ballett. Er ließ ihnen Zeit. Schließlich hob Leonid den Kopf und richtete sich langsam auf. Valentina folgte ihm. Eine einzige, langstielige Rose flog durch die Luft und landete vor ihren Füßen. Valentina hob sie auf. Wieder erreichte der Beifall ein Crescendo. Valentinas Hand fest in der seinen, machte Leonid einen Schritt zurück. Sie tat es ihm gleich. Von oben senkten sich die schweren Vorhänge zur Mitte hin.

Leonid warf einen schnellen Blick nach links. Dort warteten Major Markoff, Sergei Romanowitsch und die anderen Männer. „Laß meine Hand nicht los!" flüsterte er seiner Frau zu. Valentina schaffte ein schwaches Lächeln, und dann schloß sich vor ihnen der Vorhang.

Erschrocken sahen Major Markoff und seine Agenten zu, wie die Koslows über die Bühne nach rechts rannten und auf den östlichen Notausgang zusteuerten. Es kam so unerwartet, daß wertvolle Sekunden verlorengingen, bevor die Männer reagierten.

Leonid stemmte eine Schulter gegen die Tür und drückte gleichzeitig die Klinke herunter. Die Tür sprang auf. „Haltet sie!" rief jemand auf russisch.

George Rollins versuchte den Motor des überhitzten Kleinbusses auf Touren zu halten. Er wußte, daß der dröhnende und stotternde Motor jeden Moment aufgeben konnte. Er beugte sich gerade zum Armaturenbrett, um erneut den Temperaturanzeiger zu kontrollieren – er hoffte, daß die Nadel etwas heruntergegangen war –, als plötzlich die Seitentür aufgerissen wurde und Leonid und Valentina in den Wagen stürzten.

Beide trugen noch ihre Ballettkostüme, und der überraschte George starrte sie regungslos an. Leonid Koslow rief etwas auf russisch, doch George verstand kein Wort. Der große Tänzer, mit einem Cape um die Schultern, warf die Tür des Fahrzeugs zu und verriegelte sie. Ein Chor wütender russischer Stimmen drang aus der Dunkelheit und riß George aus seiner Erstarrung. Er blickte aus dem Seitenfenster und sah sechs Männer auf den Kleinbus zulaufen. „Nun aber los!" rief er, legte blitzschnell den ersten Gang ein und trat das Gaspedal durch. Der Motor heulte auf, und der Bus schoß nach vorn.

Ein stämmiger Mann in Anzug und Krawatte hielt sich am Halter des Rückspiegels fest, als der Kleinbus davonraste. Es war Sergei Romanowitsch. Sein wütendes Gesicht war nur wenige Zentimeter von George entfernt, und er brüllte auf russisch Befehle. Leonid und Valentina klammerten sich aneinander und beobachteten das Ganze mit Entsetzen. George trat das Gaspedal noch fester durch. Der Russe griff mit seiner fleischigen Hand durch das offene Fenster nach Georges Hals. Schnell kurbelte George das Fenster hoch. Romanowitsch zog seinen Arm zurück und glitt am Wagen hinunter, während der Bus immer schneller wurde.

Steve Tilden startete sofort seinen VW, als der Kleinbus ohne Scheinwerferlicht an ihm vorbeiraste. Sobald George vorüber war, lenkte er ihn quer auf die Straße und stellte den Motor ab. Er mußte nicht lange warten. Nur Sekunden später jagten zwei Paar Scheinwerfer auf ihn zu. Grelles Licht fiel auf den VW, ärgerliches Hupen ertönte. Steve hob entschuldigend die Hand, als habe er Probleme mit dem Wagen. „Sorry, er will einfach nicht!" Wütende russische Rufe, laute Flüche und ein wildes Hupkonzert erfüllten die Straße. Steve blinzelte harmlos im Scheinwerferlicht und zuckte die Schultern: „Ich hab Ihnen ja gesagt, er springt einfach nicht an."

Nun wurden Wagentüren geschlagen, und vier stämmige Russen tauchten im Lichtkegel der Scheinwerfer auf. Nach ein paar kurzen, scharfen Befehlen packten sie zu und hoben den VW an den Straßenrand. „He!" protestierte Steve. „Hände weg von meinem Wagen!“ Doch die Russen ließen sich nicht beeindrucken. Der VW war aus dem Weg, sie stiegen wieder in ihre Autos und fuhren weiter.

Kirk Harper sah am südlichen Ende der Figueroa-Street Tildens rauchenden Bus Richtung Norden rasen. Er grinste, schlug mit der Faust aufs Steuerrad und brüllte: „Hurra!“

Er wendete gerade, um dem Kleinbus zu folgen, als aus einer Seitenstraße zwei Motorräder auftauchten. Die Polizisten bemerkten ihn sofort. Er bremste und fuhr an den Straßenrand. Die zwei Beamten folgten ihm und hielten ebenfalls. Als sie auf ihn zukamen, hielt er ihnen seine Polizeimarke und den Ausweis hin und setzte ein unschuldiges Gesicht auf. „Ich kann euch alles erklären, Jungs“, begann er. In dem Moment rasten zwei Wagen voll KGB-Agenten an ihnen vorüber. Die zwei Polizeibeamten wechselten einen schnellen Blick und liefen zu ihren Motorrädern. „Schnappt sie euch, Jungs!“ rief Kirk ihnen nach.

Aus dem Rückfenster von Georges Wagen sahen Leonid und Valentina zwei Paar Scheinwerfer immer näher kommen. George bemerkte, wie sich die beiden unwillkürlich aneinanderklammerten. Plötzlich tauchten jedoch hinter den Verfolgern Blaulichter auf. Jetzt blieben die Scheinwerfer zurück und verschwanden schließlich ganz aus dem Rückspiegel. George wandte sich zu den beiden um. „Alles in Ordnung? Das hätten wir geschafft!“

„Ja!“ antwortete Leonid Koslow lächelnd. „Gott segne Amerika!“

„Das hört man gern!“ lachte George und raste weiter in die Dunkelheit.

Kirk mit seinem Datsun traf als erster beim Haus der Rollins’ in Highland-Park ein. Steve Tilden kam nur wenige Minuten später. Beide hatten erwartet, den Kleinbus vor dem Haus stehen zu sehen. Doch er war weit und breit nicht zu entdecken.

„Wo sind sie?“ fragte Steve, als er aus dem VW stieg.

„Keine Ahnung“, antwortete Kirk ernst.

Beide waren beunruhigt.

Zehn lange Minuten verstrichen, bevor Steve und Kirk den Lastwagen in die Straße einbiegen sahen. Sie halfen Sascha aus dem Führerhaus. „Wo ist George?“ fragte sie, da sie seinen Wagen nirgends sehen konnte.

„Er kommt gleich“, gab Kirk zur Antwort, doch seine Ruhe wirkte nicht überzeugend.

Sie warteten im Wohnzimmer, wo Kirk sich sofort am Fenster postierte. Sascha kochte Tee, doch keiner trank einen Schluck. Mit jeder Minute stieg die Angst. Sascha betete leise. Steve und Kirk gingen in die Küche. „Was meinst du?“ fragte Steve. „Es ist schon beinahe Mitternacht.“

„Ich weiß auch nicht.“

„Glaubst du, das KGB hat sie erwischt?“ fragte Steve weiter.

„Dann sehen wir George nie mehr wieder“, gab Kirk leise zurück und warf einen schnellen Blick zur Wohnzimmertür.

„Wir müssen etwas unternehmen“, drängte Steve. „Vielleicht sollten wir Leutnant Collins anrufen.“

„Der bringt uns um, das weißt du!“ versetzte Kirk.

„Hast du eine bessere Idee?“

Acht Meilen entfernt stand der weiße Kleinbus mit aufgebocktem Hinterrad auf dem dunklen Seitenstreifen der Schnellstraße. Die Bierflasche, über die George hinter dem Shrine-Auditorium gefahren war, war doch nicht so harmlos gewesen. Neben dem Wagen bemühten sich George, der bärtige Amerikaner, und Leonid, der kostümierte Russe, den Reifen zu wechseln. Leonid gab George auf russisch Ratschläge.

„Mensch!“ wehrte George ab. „Laß mich doch machen, ich sag dir ja auch nicht, wie du tanzen mußt.“

Der großgewachsene Russe im Kostüm des Prinzen Siegfried aus dem „Schwanensee“ zog viele neugierige Blicke auf sich.

Steve und Kirk warfen eine Münze in die Luft, um auszulosen, wer Leutnant Collins anrufen sollte. Es traf Steve. Er hatte bereits den Hörer in der Hand, als George und die beiden Russen zur Tür hereinstürmten. Im Nu entlud sich die ganze Spannung der vergangenen Stunden in einem wilden Freudentaumel. Sascha und Valentina weinten. „Ich hätte nie gedacht, daß ich mich einmal darüber freuen würde, einem Roten die Hand zu drücken“, bemühte sich Kirk, seine Bewegung zu verbergen, und hielt Leonids Hand fest.

„Roten?“ fragte Leonid erstaunt.

„Ja“, erklärte Steve, „ein saloppes Wort für Genosse.“

„Ach so, Genosse“, lachte Leonid.

George hatte keinen Champagner im Haus, aber er hatte das Gefühl, daß man das Ereignis begießen mußte, und brachte aus der Küche eine Sechserpackung Coca-Cola. Die Büchsen wurden aufgemacht und herumgereicht. „Coke is it!“ rief Valentina lachend. Das hatte sie aus dem westlichen Fernsehen.

Kirk stieß Steve mit dem Ellbogen an. „Ich will ja niemanden verletzen, aber die Russen tragen wirklich lustige Schuhe!“

Sie standen alle im Kreis herum. George hob seine Büchse, und die anderen folgten seinem Beispiel. George mit seinem Bart und dem langen Haar, Sascha in ihrem grünen Ballkleid, die beiden Polizisten im Straßenanzug sowie Leonid und Valentina in ihren Ballettkostümen prosteten sich zu. „Auf die Freiheit!“ rief George.

„Auf die Freiheit!“ antworteten die anderen, und alle tranken.

„Und Dank sei Gott für Amerika!“ sagte Leonid mit seinem groben Akzent. Tränen standen in seinen Augen, als er die Büchse zum zweiten Mal hob.

11

Bürokratie

Der weiße Bus machte Tilden und Kirk Sorgen, weil er dem KGB bekannt war. Darum versteckten sie ihn in einem Schuppen hinter Georges Haus. Und dort verbrachten Leonid und Valentina ihre erste Nacht in Freiheit. Tilden und Kirk standen draußen Wache. Sie konnten ohnehin nicht schlafen. Das KGB hatte Topagenten, und es war kaum anzunehmen, daß nicht wenigstens einer sich die Nummer des Busses gemerkt hatte. Beide hofften, daß niemand Tildens Adresse in West-Covina mit Georges Haus in Highland-Park in Verbindung bringen würde. Doch keiner wußte mit Sicherheit, wozu das KGB fähig war und wie weit es in seinen Bemühungen, die beiden Stars des legendären Bolschoiballetts zurückzuholen, gehen würde. Die Reaktion der Agenten beim „Shrine" hatte gezeigt, daß das KGB die Flucht der Koslows nicht so leicht hinnehmen würde. Ganz langsam dämmerte den beiden Polizisten, die da mitten in der Nacht in der dunklen Straße auf und ab gingen, die Erkenntnis, daß ihr Handeln Konsequenzen haben könnte.

Tilden und Kirk versteckten sich jedesmal, wenn Motorengeräusch nahte. Sie mieden den geringsten Lichtschein. Beide waren mit einer 38er bewaffnet, und obwohl sie Angst hatten, das KGB könne jeden Moment auftauchen, waren sie entschlossen, die eben erst gewonnene Freiheit des Tänzerpaares zu verteidigen.

„Das ist ja wirklich großartig", brummte Kirk zu Tilden gewandt kurz nach zwei Uhr morgens. „Da stehen wir und schieben Wache für ein Kommunistenpärchen!"

„Ex-Kommunisten", berichtigte Steve, während er den Jackenkragen gegen die Kälte hochschlug.

„Glaubst du, daß das KGB uns sucht?" fragte Kirk und blickte die Straße hinunter.

„Nee", antwortete Steve. „Warum sollten die gerade uns suchen? Wir sind hier doch nur, weil wir gern mitten in der Nacht auf der Straße stehen."

„Ich meine es aber ernst", verteidigte sich Kirk besorgt.

„Ich glaube, daß sie versuchen werden, die beiden wieder mitzunehmen, wenn sie uns finden", meinte Steve, nun ebenfalls ernst geworden. „Irgendwo hab' ich mal gelesen, daß Überläufer sofort wieder unter sowjetischem Recht stehen, sobald ihnen die Russen auch nur eine Hand auf die Schulter legen können."

„Glaubst du, daß sie schon bei dir zu Hause waren?" fragte Kirk weiter. Es fröstelte ihn, doch er war sich nicht sicher, ob wirklich die Kälte schuld daran war.

Kurz nach zwei Uhr morgens ging ein Anruf im Hauptbüro der Kraftfahrzeugzulassungsstelle in Sacramento ein. Die meisten Anfragen, die nach Dienstschluß eintrafen, kamen von der Verkehrspolizei und wurden durch einen bestimmten Code direkt mit dem Großcomputer verbunden, in dem die Daten über alle im Staat Kalifornien registrierten Fahrzeuge eingespeichert waren. Doch es kam vor, daß eine Stelle zusätzliche Informationen brauchte oder daß ein Datensatz gerade in Arbeit war und nicht auf ihn zugegriffen werden konnte. Für diese Fälle war das Büro auch außerhalb der Dienststunden von einem Bereitschaftsdienst besetzt.

Der Verantwortliche an diesem Abend war ein junger Student, der gerade sein drittes Studienjahr an der Berkeley-Universität angefangen hatte. Er hatte den Mann, der jetzt am Apparat war, in der Vorlesung über internationales Recht kennengelernt. Erst vier Monate später, als er sich bei ihm Geld für die Reparatur seines Porsche borgte, erfuhr er, daß der Mann Angestellter beim sowjetischen Konsulat in San Francisco war. Eine Zeitlang hatte ihn das etwas verunsichert, doch der junge Russe hatte nie etwas von ihm verlangt. Er war ihm im Gegenteil ein guter Freund geworden, der ihm auch finanziell durch das dritte Studienjahr half. Nun war er überrascht, seinen russischen Freund am Telefon zu hören. „David", sagte der Russe in tadellosem Englisch, „es tut mir leid, daß ich dich bei der Arbeit störe, aber ich brauche deine Hilfe."

„Worum geht's?" Der Berkeley-Student wurde bereits etwas argwöhnisch.

„Es ist fast ein wenig peinlich", gab der Russe zu. Seine Verlegenheit wirkte echt. „Aber die Sicherheitsleute vom Konsulat haben mich geweckt, weil irgendso ein weißer Kleinbus ein paarmal vor ihrem Gebäude herumgefahren ist. Du weißt ja, was für einen Verfolgungswahn die Russen haben können", fügte er scherzend hinzu. „Doch der Terrorismus ist heutzutage nun mal eine Realität, und darum haben sie mich gedrängt, mich um die Sache zu kümmern. Wahrscheinlich ist es ja nur irgendein Tourist."

„Hast du die Autonummer?" fragte der Angestellte. Er hatte angebissen.

„Ja", antwortete sein russischer Freund. „Es ist eine kalifornische Nummer, 853 FWV."

Es schien alles klar zu sein. Und harmlos. Er wurde um eine Information gebeten, die sich jeder während der üblichen Geschäftszeiten bei irgendeiner Zweigstelle der Fahrzeugbehörde holen konnte. Sie war allen zugänglich. Er wußte zwar, daß er eine Vorschrift der Behörde verletzte, wenn er die Information übers Telefon an einen Unbefugten weitergab, doch alle taten es, und er war dem Russen einen Gefallen schuldig. Was war schon dabei!

„Einen Augenblick", sagte er zu seinem Freund und tippte auf einer Tastatur die Nummer in den Computer ein. Eine Sekunde später erschienen die gewünschten Angaben in grünen Buchstaben auf dem Bildschirm.

```
MON. 17.09.79      0214A    KZS/SAC
Anfr.   CA 853FWV
Datei   CA 853FWV
        FORD KLEINBUS '76
        VERS. NR. 2R11X11697
        EINGETR. BES.        TILDEN, STEVEN S.
                             2107 SAINT ELMO DR.
                             WEST COVINA, CA
        LEG. BES.            DITO
```

	TÜV	12.03.80
	ZULASSUNG	23.06.78
	ERSTZULASSUNG	11.04.76
ENDE		CR6-D
		KZS/SAC

Zwanzig Minuten später und mehr als sechshundert Kilometer südlich bog ein Mietwagen in den Saint-Elmo-Drive in West-Covina ein. Um den Wohnblock war alles dunkel und ruhig. Der Fahrer im beigen Ford parkte etwa hundert Meter vom Eingang zu Nummer 2107 entfernt und schaltete das Licht aus.

Im University-Hilton im südlichen Los Angeles schaltete Major Markoff ein Chiffriergerät an das Telefon in seinem Hotelzimmer und wählte die Nummer, die er sich noch in Moskau eingeprägt hatte. Es läutete drei, vier, fünf Mal, ehe sich endlich eine Frauenstimme meldete. „Hallo?"

Markoff erkannte die Stimme wieder. „Ich möchte Tom sprechen", antwortete er.

„Tut mir leid. Tom ist nicht mehr hier", erwiderte die Frau.

„Ist er wieder in seinem Haus an der Küste?" fragte der Major weiter. Auch dieser Satz war Teil des Codes.

„Sie rufen doch hoffentlich wegen etwas Wichtigem an?" fragte die Stimme fast drohend, nachdem er sich genügend ausgewiesen hatte.

„In West-Covina haben wir einen Telefonanschluß herausgefunden, von dem mehrere Anrufe nach Monterey-Heights gemacht wurden. Ich brauche den Namen in Monterey-Heights und will wissen, ob von dort Anrufe in den Nordosten von Los Angeles erfolgten."

„Sie suchen Sascha?"

Der Major antwortete nicht. „Wann haben Sie die Informationen?"

„Es ist mitten in der Nacht, das wissen Sie doch!"

„Wir fahren um neun zum Flughafen. Ich habe nicht mehr viel Zeit."

„Also gut, wie heißt die Nummer?"

„Zwei, sieben, sechs, acht, eins, vier, null."

„Ich rufe zurück", versprach die Frau mit müder Stimme und hängte ein.

Der FBI-Posten im Shrine-Auditorium war zwei Stunden nach der Schlußvorstellung geräumt worden. Doch wegen der offensichtlichen Unruhe des KGB blieben die Räume im FBI-Hauptquartier im Westen von Los Angeles hell erleuchtet. Harmon Marshal saß mit George Wills in seinem Büro, als der diensthabende Beamte den neuesten Bericht brachte.

„Von der zuständigen Stelle im Polizeipräsidium von Los Angeles haben wir erfahren, daß heute um 22.04 Uhr zwei Motorradstreifen zwei Hertz-Mietwagen angehalten haben, die mit überhöhter Geschwindigkeit in Richtung Norden durch die Figueroa-Street fuhren. Der blaue 79er Ford LTD und der grüne 79er Ford Fairlane wurden etwas nördlich der Kreuzung zum Adams-Boulevard gestoppt." Der junge FBI-Beamte machte eine kleine Pause, um seine Brille zurechtzurücken. Als niemand eine Frage stellte, fuhr er fort: „Am Steuer des blauen LTD saß Sergei Romanowitsch, bekannt als KGB-Agent. Im gleichen Wagen befanden sich zwei weitere Personen vom KGB, Nikolai Roschkow und Juri Vanagel. Im grünen Fairlane befanden sich Iwan Barsukow und Viktor Lisowsky, beide ebenfalls KGB-Agenten."

„Wohin die wohl wollten?" überlegte Harmon Marshal laut.

„Das steht nicht im Bericht", antwortete der Beamte sachlich.

„Was noch?" drängte George Wills.

„Es heißt hier weiter, daß sich die Fahrer der beiden Wagen wegen überhöhter Geschwindigkeit innerhalb von zehn Tagen beim städtischen Verkehrsgericht in der South-Wall-Street melden müssen."

„Da kannst du Gift drauf nehmen, daß die erscheinen", witzelte George.

„Danke, Cannon", sagte Harmon Marshal zu dem Beamten.

„Keine Ursache", antwortete der junge Mann, ging hinaus und machte die Tür hinter sich zu.

Harmon lehnte sich in seinen Sessel zurück und sah George Wills an. „Nun, was meinst du dazu?"

George strich sich mit der Hand über sein schütteres, graues Haar. „Ich werd' nicht schlau draus. Nach der Hektik, die wir beobachtet haben, sieht es fast so aus, als ob sie jemanden verfolgt hätten. Aber es hat ja niemand etwas gesehen, und die Sowjets haben auch keine Vermißten gemeldet."

„Ist im Hotel immer noch alles ruhig?“ fragte Harmon.

„Das Übliche. Vorbereitungen für den Abflug am Morgen nach Moskau.“

Harmon warf einen Blick auf die Uhr. „Wenn jemand abgesprungen ist, sollten wir doch jetzt Meldung haben.“

„Wenn da heute nacht jemand abgesprungen ist, bei dem Sicherheitsaufwand der Sowjets und unserem Aufgebot, und die Sache auch wirklich geklappt hat, dann kann nur *eine* Organisation dahinterstecken...“

„Die CIA!“

„Wer sonst?“

„George?“ flüsterte Sascha im dunklen Schlafzimmer. Sie war nicht sicher, ob ihr Mann noch wach war.

„Hm?“ George drehte sich zu Sascha um.

„Ich bin stolz auf dich“, sagte Sascha und legte ihren Kopf an seine Schulter. George nahm seine Frau in den Arm und zog sie näher zu sich. „Aber du hast dich in die Höhle des Löwen vorgewagt“, erwiderte er, „nicht ich.“

Einen Moment lang war es still. Dann begann Sascha wieder: „Hast du die Freude auf ihren Gesichtern gesehen?“

„Ja. Das war die Aufregung irgendwie wert“, antwortete George.

Es war fast drei Uhr morgens. Major Wladimir Markoff wußte, daß er nicht mehr viel Zeit hatte. Er stand am Fenster seines Hotelzimmers, den Vorhang hatte er zur Seite geschoben, und blickte über das Lichtermeer des südlichen Los Angeles. Morgen abend, so sagte er sich, würde er wieder am Fenster seiner Wohnung stehen und die Lichter von Moskau sehen. Während er dastand, fragte er sich, was wohl auf ihn zukommen würde. Oberst Kirsanow würde ihn für den Vorfall zweifellos persönlich verantwortlich machen. Er hatte sich die Ereignisse schon x-Mal durch den Kopf gehen lassen und überlegt, was er in seinem Bericht schreiben würde. Sein einziger Fehler war eigentlich, daß ihm Sascha hatte entwischen können. Wenn er sie hätte beschatten lassen, dann wüßte man jetzt, wo die Koslows sich aufhielten. Doch in seinem übermäßigen Selbstvertrauen hatte das KGB Sascha einfach als eine harmlose, ängstliche Frau abgetan. Im allgemeinen Drunter und Drüber nach der Vorstellung war sie dann verschwunden. Markoff fand, daß der Oberst dafür mindestens ebenso verantwortlich war wie er selbst, aber der Rang gab dem einen das Recht zu beschuldigen und oftmals auch das Recht zu verurteilen. Das Telefon schrillte. Markoff wandte sich um und starrte auf den Apparat. Hatten sie Sascha gefunden? Blieb ihm noch Zeit, eine Gefangennahme der Überläufer zu organisieren? War es möglich, unbeobachtet aus dem Hotel zu kommen? Alle diese Fragen schossen ihm durch den Kopf, als er den Hörer abnahm. „Hallo", meldete er sich auf englisch.

„Ich fasse mich kurz", erklang die bekannte Frauenstimme. „Die zwei Personen, nach denen Sie sich erkundigt haben, sind Polizisten. Das ist ein zu großes Risiko... tut mir leid." Ihr Bedauern klang aufrichtig. „Ich muß gehen", fügte sie hinzu und legte auf. Markoff vernahm nur noch den Summton. Er ließ den Arm sinken und legte den Hörer zurück auf die Gabel.

Sascha war früh aufgestanden. Wie die anderen, hatte auch sie nicht schlafen können. Sie bereitete gerade das Frühstück vor, als Valentina in die Küche kam. Die junge Russin trug jetzt eine Bluse und ein Paar Jeans, die ihr Sascha noch in der Nacht gegeben hatte. „Guten Morgen!" grüßte sie freundlich auf russisch.

„Guten Morgen!" Sascha goß ihr Kaffee ein.

Valentina setzte sich an den kleinen Tisch und schaute sich in der Küche um. „Seid ihr Christen?" fragte sie vorsichtig, als sie das Kreuz an der Wand entdeckte.

„Ja", antwortete Sascha lächelnd. „Aber hier in Amerika dürfen wir das laut sagen.

Steve und Kirk saßen mit George und Leonid im Wohnzimmer. Leonid war nicht mehr Prinz Siegfried aus dem „Schwanensee". Er trug jetzt ein buntkariertes Hemd und ein Paar Jeans, die ihm George geliehen hatte. Sie hatten eben im Radio die Nachrichten gehört und mit Überraschung festgestellt, daß die beiden Russen mit keinem Wort erwähnt wurden. Jetzt standen sie um den kleinen Farbfernseher im Wohnzimmer und schalteten von einem Sender zum anderen, doch von Überläufern war nirgends die Rede. „Das versteh' ich nicht", meinte Kirk. „Diese Roten haben doch total verrückt gespielt. Mindestens in den lokalen Nachrichten hätten sie es erwähnen müssen."

„Vielleicht wollen die Russen verhindern, daß es bekannt wird", überlegte Steve mit ernstem Gesicht.

„Warum sollten sie es verhindern wollen?"fragte George.

„Hättest du es gern, daß es bekannt wird, wenn du immer noch nach ihnen suchen würdest...?"

Das war ein ernüchternder Gedanke, und obwohl Leonid nichts verstand, konnte er aus den Gesichtern der anderen lesen, daß es sich um eine ernste Diskussion handelte. Kirk bemerkte seinen sorgenvollen Blick. Er klopfte ihm aufs Knie und zwinkerte ihm zu. „Mach dir keine Sorgen, Leonid! Wir lassen es nicht zu, daß euch die Roten zurückholen."

„Ich glaube, es wäre jetzt an der Zeit, irgendwo Hilfe zu holen", schlug Steve vor.

„Und hast du eine Ahnung, wo?" konterte Kirk sofort.

„Fangen wir mal beim FBI an", antwortete Steve.

George griff nach dem Telefonhörer und reichte ihn zu Steve hinüber. „Danke", erwiderte der mit einem nicht gerade erfreuten Blick.

„FBI, guten Morgen! Sie wünschen?" ertönte eine freundliche Frauenstimme aus dem Hörer.

„Guten Tag! Ich möchte gern mit jemandem wegen einem Überläufer reden."

„Einem Überläufer?" Die Frau schien verwirrt. „Sie wollen sagen, bei Ihnen sei Wasser übergelaufen?"

„Nein, ich meine damit ‚desertieren'."

„Ach so, im politischen Sinne überlaufen! Wohin wollen Sie sich denn absetzen?"

„Ich meine nicht mich. Ich bin Amerikaner. Es geht um... einen Freund."

„Ich verstehe. Sie haben einen Freund, der überlaufen will."

„Nein, er ist bereits übergelaufen."

„Und Sie möchten sich mit ihm in Verbindung setzen?"

„Nein! Hören Sie! Ich brauche Beratung in dieser Angelegenheit. Darf ich bitte einen Beamten sprechen?"

„Das FBI ist normalerweise nicht für solche Sachen zuständig. Die Hauptaufgabe des FBI ist die Durchsetzung der Bundesgesetze innerhalb der Vereinigten Staaten."

„Kann ich bitte einen Beamten sprechen?" wiederholte Steve langsam und bemühte sich, seinen Ärger zu unterdrücken.

„Hören Sie, das FBI in Los Angeles erhält täglich Hunderte von Anrufen, und es ist meine Pflicht, sie zu sortieren, um Ihnen und uns Zeitverluste zu ersparen."

Steve atmete tief durch: „In meiner Gesellschaft befindet sich ein Bürger eines kommunistischen Staates, der gern in den USA bleiben möchte. Verstehen Sie?"

„Ja."

„Ich möchte mich darüber informieren, welche Schritte wir unternehmen müssen", fuhr Steve fort. „Kann ich einen Beamten sprechen?"

„Einen Augenblick, bitte", antwortete die Frau nun. Im Hörer erklang Musik. Steve schüttelte den Kopf und sah in die drei wartenden Gesichter. „Habt ihr gewußt, daß das FBI Warenhausmusik laufen läßt?"

„Verbindet sie dich?" wollte George wissen.

Die Telefonistin stellte zu dem zuständigen Beamten durch, während sie Steve warten ließ.

„Parker."

„Mr. Parker, hier ist Karen aus der Zentrale. Ich habe einen Mann auf Leitung sechs, der darauf besteht, mit einem Beamten zu sprechen."

Ihre Stimme verriet, daß ihr der Anruf lästig war, doch es war Vorschrift, daß alle, die mit einem Beamten sprechen wollten, die Gelegenheit erhielten.

„Was will er?" erkundigte sich Parker.

„Ich weiß nicht genau", gab die Telefonistin zur Antwort. „Er erzählt immer wieder was anderes. Es geht irgendwie um Überläufer."

„Wahrscheinlich wieder so ein wütender Steuerzahler, der mir mitteilen will, daß er nach Australien auswandert", witzelte Parker. „Diesen Monat hatten wir schon drei."

„Soll ich Sie mit ihm verbinden?"

„Ja, ich kümmere mich darum."

Die Musik wurde unterbrochen, als er sich meldete: „Spezialabteilung, Parker. Sie wünschen?“

Steve bedeutete den anderen, ruhig zu sein, und antwortete: „Ich hätte gern Informationen darüber, wie man vorgehen muß, wenn man überlaufen möchte.“

„Das FBI ist dafür nicht zuständig. Sie müssen sich an den INS wenden.“

„Ich weiß, aber dies ist ein besonderer Fall, etwas heikel“, erklärte Steve.

„Natürlich, aber wir können Ihnen da nicht helfen. Rufen Sie den INS an.“ Der Beamte hängte auf.

„Der hat einfach aufgelegt!“ Steve war verblüfft.

„Was hat er?“ rief Kirk.

„Er sagte einfach, ‚rufen Sie den INS an‘ und legte auf“, wiederholte Steve.

„Jetzt weißt du, wo all die vorzeitigen Abgänger von der Polizeischule landen“, brummte Kirk und nahm Steve den Telefonhörer ab.

„Warum hat er denn aufgelegt?“ wollte George wissen.

„Wahrscheinlich haben die wichtigere Dinge zu tun, als sich um die Freiheit zu kümmern“, antwortete Steve.

Kirk erfragte bei der Auskunft die Telefonnummer des Immigration and Naturalization Service, der Einwanderungsbehörde, und wählte sie sofort. Er war fest entschlossen, nicht locker zu lassen, bis das Ziel erreicht war.

„Wenn alles durch ist“, meinte Steve verärgert, „dann gehe ich zum FBI und knöpfe mir diesen Parker vor. Dann werde ich einmal ein nettes, kleines Gespräch mit ihm führen über den Dienst an der Öffentlichkeit.“

„Reg dich nicht auf“, beruhigte George, doch Kirk winkte mit der Hand, sie sollten stille sein.

„INS, guten Morgen!“ meldete sich eine Frauenstimme.

„Hallo! Ich möchte gern zwei Personen melden, die illegal in die USA eingereist sind“, sagte Kirk mit verschmitztem Gesicht und sah George und Steve an.

„Ich verbinde Sie mit der juristischen Abteilung. Einen Moment bitte.“

„Guten Morgen, ‚Pässe‘, Sie wünschen?“

„Die Dame sagte mir, sie verbinde mich mit der juristischen Abteilung“, beklagte sich Kirk.

„Tut mir leid, dies ist die Abteilung ‚Pässe‘.“

„Können Sie mich verbinden?“

„Wen wollten Sie?“

„Die juristische Abteilung.“

„Einen Augenblick, bitte!“

Kirk wartete.

„Tut mir leid, die Leitung ist besetzt, können Sie später nochmals anrufen?“

Kirk legte auf.

Er rief noch dreimal an, bis er endlich die juristische Abteilung erreichte. Ein Beamter hörte ihm schweigend zu und antwortete dann: „Der INS kann Ihnen helfen, aber ich glaube nicht, daß Sie in unserer Abteilung richtig sind. Ich verbinde Sie mit dem Büro des Direktors.“

„Büro Direktor Sewell.“

„Hier ist Kriminalbeamter Kirk Harper von der Polizei Los Angeles.“

„Tut mir leid, Mr. Sewell ist heute morgen auswärts im Dienst. Kann ich ihm etwas ausrichten?“

„Hat er einen Assistenten?“ fragte Kirk ungeduldig.

„Das wäre Mr. Bendici.“

„Kann ich ihn sprechen?“

„Mr. Bendici ist mit Mr. Sewell unterwegs. Versuchen Sie es doch nach zehn Uhr nochmal.“

Kirk legte den Hörer auf die Gabel zurück. Sein Gesicht war rot vor Ärger. „Ich frag' mich nur, ob Alexander Graham Bell wußte, was er uns da antat“, meinte er zu den anderen.

„Dieser Alex Bell“, fragte Leonid mit seinem stockenden Englisch, „kann der uns helfen?“

„Wir hoffen es“, antwortete George und lächelte.

Steve Tilden sah auf die Uhr und wandte sich dann an Kirk. „Auch wenn wir schon vor zehn Minuten gegangen wären, kämen wir immer noch zu spät zur Arbeit.“

Kirk nickte und blickte zu George und Leonid. „Wir“, sagte er laut und klopfte sich an die Brust, „er und ich", er zeigte auf Steve, „müssen zur Arbeit gehen." Er bedeutete mit den Fingern, daß sie weg mußten.

„Kirk", unterbrach ihn George.

„Ja?"

„Ich verstehe englisch."

„Weiß ich", erwiderte Kirk. „Ich wollte nur Leonid erklären, was nun weiter geschehen wird."

Steve stand auf. „Am besten rührt ihr euch nicht vom Fleck", riet er. „Laßt niemanden rausgehen, und öffnet keinem die Tür, außer Kirk oder mir."

„Wir rufen an, sobald wir ein paar Sachen geklärt haben", fügte Kirk hinzu.

Leonid bemerkte, daß die beiden Männer gehen wollten, und stand auf, um ihnen die Hand zu geben. „Danke!" sagte er auf englisch.

„Eine Kleinigkeit", wehrte Kirk lächelnd ab und drückte Leonids Hand.

„Eine Kleinigkeit!" wiederholte Leonid verdutzt und gab Steve ebenfalls die Hand.

12

Im Polizeipräsidium

Leutnant Jack Collins, von Kirk auch Jack the Ripper genannt, saß am Schreibtisch in seinem Büro in der Wilshire-Polizeistation, als die beiden Beamten Kirk Harper und Steve Tilden hereinkamen und sich an ihre Arbeitsplätze setzten. Der Leutnant sah flüchtig auf seine Uhr. Die beiden waren vierzig Minuten zu spät. Er wartete, bis sie an ihren Schreibtischen saßen, bevor er aufstand und zu ihnen hinüberging.

Leutnant Collins war ein ernster, humorloser Mann, der den Polizeidienst als einen Beruf ansah, der Engagement, Pflichtbewußtsein und Opferbereitschaft forderte – Eigenschaften, die er sowohl bei Tilden als auch bei Harper vermißte. Er bemerkte, daß beide unrasiert waren.

„Morgen, Jack!" begrüßte Kirk ihn freundlich lächelnd. Er wußte, daß der Leutnant es nicht mochte, wenn man ihn mit dem Vornamen anredete.

„Und welche Entschuldigung habt ihr heute?" fragte Collins und sah die beiden scharf an. „Letzten Montag wart ihr zu spät, weil ein Meteorit euer Boot in Long Beach versenkt hatte. Eine Woche vorher habt ihr bei einem Sturm in der Wüste eure Autoschlüssel verloren. Ich bin gespannt, was ihr mir heute erzählt."

Tilden und Harper wechselten einen Blick. Sie waren übereingekommen, daß Tilden die Sache erklären würde. Tilden sah den Leutnant an. „Sie werden es mir nicht glauben, Chef."

„Da haben Sie recht", pflichtete Leutnant Collins bei, „aber versuchen Sie's trotzdem."

„Wir haben letzte Nacht zwei russischen Bolschoitänzern geholfen überzulaufen", sagte Steve Tilden stolz.

Collins' Gesicht lief rot an vor Ärger. Die beiden Polizisten bemerkten es. „Ihr zwei schreckt wirklich vor gar nichts zurück, wenn es darum geht, eine Entschuldigung zu finden, was?"

„Aber, Chef...", wollte Steve sich verteidigen.

„Blöde Witze sind jetzt nicht am Platz, Tilden", knurrte der Leutnant. „Wenn ihr sie gekidnappt hättet, würde das Polizeipräsidium Schwierigkeiten von internationalem Ausmaß kriegen."

Steve und Kirk sahen sich überrascht an. „Gekidnappt?"

„Ja, genau", fuhr der Leutnant fort. „Sie wurden letzte Nacht im Shrine-Auditorium gekidnappt. Das halbe Präsidium ist unterwegs und sucht sie."

„Chef", sagte Kirk fast warnend, „wenn Sie Wert auf Ihre Pension legen, sollten Sie sich jetzt hinsetzen und zuhören."

Vierzig Minuten nachdem Kirk und Steve ihrem Vorgesetzten die Geschichte erzählt hatten, drängten sich in dem Büro zwölf FBI-Agenten, vier Männer vom Geheimdienst, acht Beamte vom Immigration und Naturalization Service, sechs Bundesvollzugsbeamte, ein höherer Diplomat des Außenministeriums, der auf seiner Reise nach Japan in Los Angeles Station gemacht hatte, der Polizeipräsident und unzählige Polizeibeamte.

Man hatte Steve und Kirk sofort getrennt und ihnen befohlen, zu verraten, wo die Russen festgehalten wurden.

„Ist einer von euch Parker aus der Spezialabteilung?" fragte Tilden die beiden Männer, die bei ihm waren.

„Sie werden nirgendwo festgehalten", erklärte Harper den beiden Agenten, die ihn verhörten.

„Dann haben Sie die ganze Geschichte erfunden?"

„Nein, aber sie werden nicht festgehalten. Sie sind frei. Wie ich das auch mal war."

Keiner der beiden Männer erzählte mehr. Der Polizeipräsident war wütend. Nach dreißig nervenaufreibenden und erfolglosen Minuten befahl er, die beiden in das Büro des Polizeikommandanten zu bringen. Kirk war bereits dort, als Steve hereingeführt wurde. Nachdem die Tür hinter ihnen geschlossen und sie allein waren, fragte Kirk: „Haben sie dir Kaffee angeboten?"

„Nein", antwortete Steve.

„Die andern hatten aber alle eine Tasse Kaffee vor sich."

„Im Film kriegen die Kerle, die verhört werden, immer Kaffee", beklagte sich Steve.

„Wahrscheinlich haben sie zu wenig Geld", vermutete Kirk. „Hast du ihnen was gesagt?"

Steve schüttelte den Kopf. „Nee, ich dachte, ich überlasse das dir."

„Ich hab' es letztes Mal schon machen müssen."

„Ich bin aber ziemlich sicher, daß ich es war."

„Stimmt gar nicht, ich war's. Jetzt bist du dran."

In dem überfüllten Zimmer, wo das Gespräch überwacht und aufgenommen wurde, wandte sich Leutnant Collins an Captain Meeker. „Sie wissen, daß wir zuhören. Ich kenne sie. Die halten uns zum Narren."

Leutnant Collins trug ein Tablett mit zwei Tassen Kaffee, als er in das Büro trat, in dem Steve und Kirk warteten. „Dachte mir, ihr hättet vielleicht gerne eine Tasse Kaffee", sagte er mit gezwungenem Lächeln.

„Aber Leutnant", rief Kirk lächelnd, „ wie aufmerksam von Ihnen!"

„Hört mal, Jungs", bat Collins und setzte sich zu den beiden. „Ihr habt mir da eine schöne Suppe eingebrockt!"

„Wieso denn, Jack, alter Kumpel?" stichelte Kirk.

„Weil ihr nicht sagt, wo die Russen sind", erklärte der Leutnant, „befinden wir uns jetzt in einer sehr peinlichen Lage."

„Das war nicht unsere Absicht", versicherte Steve. „Wir wollen nur nicht, daß die Meute da draußen das Haus unseres Freundes stürmt."

„Was meinen Sie dazu", schlug Kirk jetzt vor und klopfte seinem Chef auf die Schulter, „wenn ich sie anrufe und ins Präsidium kommen lasse?"

„Ist das Ihr Ernst?" fragte der Leutnant vorsichtig.

„Aber ja", beteuerte Steve.

Leutnant Collins ging zur Tür. „Ich bin gleich zurück."

Die vielen verärgerten Beamten diskutierten und stritten fünf Minuten, bevor sie sich auf den Vorschlag einigten, der nicht aus ihren Reihen kam.

„In Ordnung, Leutnant“, sagte Harmon Marshal vom FBI, der als Sprecher der Versammlung fungierte. „Lassen Sie sie anrufen.“

„Hallo?“ meldete sich George Rollins.

„George, hier ist Kirk.“

„Hallo Kirk! Wie sieht's aus?“

„Nicht schlecht. Hör mal! Glaubst du, daß du mit unseren beiden Freunden ins Präsidium kommen könntest?“

„Ja, sicher“, gab George zur Antwort. „Das ist am West-Pico, nicht war?“

„Ja, direkt neben ‚Sears‘.“

„In einer halben Stunde sind wir da.“

Das FBI hatte den Anruf abgehört und aufgezeichnet.

Die sechs Bundesvollzugsbeamten warteten in der Nähe der Zufahrt zum Parkplatz des Präsidiums. Sie hielten nach George und den beiden Russen Ausschau, doch sie übersahen den alten Kleintransporter, der vor ihnen am Straßenrand hielt. Und auch George mit seinem Bart, Leonid im karierten Hemd und die blonde Valentina in den verwaschenen Jeans, die auf den Haupteingang der Polizeistation zugingen, entgingen ihrer Aufmerksamkeit.

Am Empfang saß ein breitschultriger, gutaussehender, schwarzer Polizeibeamter von etwa dreißig Jahren. Er begrüßte Leonid mit einem breiten Lächeln, als das Trio auf ihn zuging. „Wie geht's?“

Sobald Leonid die Stimme hörte, erinnerte er sich an den Trainingslauf vor ein paar Tagen. „Danke, gut. Und Ihnen?“ fragte er lächelnd zurück.

„Ihr kennt euch?“ fragte George überrascht.

„Wir haben mal zusammen gejoggt“, erklärte der schwarze Beamte freundlich. „Nun, was kann ich für euch tun?“

„Polizist Harper erwartet uns“, erwiderte George.

„Harper!“ rief der schwarze Beamte. „Dann... dann sind das die beiden Russen?“

„Ja“, antwortete Leonid freudestrahlend, „die beiden Bolschoi.“

„Richtig, die Bolschoi!“

George, Leonid und Valentina wurden, als sie einmal in der richtigen Abteilung waren, wie Steve und Kirk voneinander getrennt.

Dann begannen die vielen Bundesbeamten und -agenten mit der Befragung, die mehr als drei Stunden dauerte.

Die beiden FBI-Beamten, die Leonid verhörten, sprachen fließend russisch. Das machte dem wachsamen und mißtrauischen Russen zuerst Angst. All die Jahre, in denen er getäuscht und bespitzelt worden war, ließen sich nicht einfach auswischen, und für Leonid waren die beiden Fremde, vielleicht sogar vom KGB. Um Leonid zu beruhigen, baten die beiden Beamten Kirk herein. Obwohl er so gut wie nichts von dem Gespräch verstehen konnte, gab seine Anwesenheit Leonid doch ein Gefühl der Sicherheit.

„Mach nur, Leonid!" ermunterte ihn Kirk und setzte sich neben ihn. „Erzähl ihnen, was du willst. Die sind auf unserer Seite."

Die zwei FBI-Männer waren gute Vernehmungsbeamte. Schon mit ihren ersten Fragen erreichten sie, daß sich eine gewisse Vertrauensbasis entwickelte. Der jüngere erzählte von seinen verschiedenen Reisen in die Sowjetunion. Er hatte sogar einmal eine Vorstellung des Bolschoi besucht. Nachdem Leonid sich erst einmal entspannt hatte, wurden die Fragen ernster: „Sind Sie Mitglied der Kommunistischen Partei? Haben Sie Familienangehörige in den sowjetischen Streitkräften? Haben Sie jemals für die GRU oder das KGB gearbeitet? Wissen Sie, wie viele KGB-Agenten mit der Truppe reisten? Kennen Sie ihre Namen? Wie heißt der verantwortliche KGB-Beamte?"

Leonid gab offen und bereitwillig Auskunft, bis die Fragen sich um den eigentlichen Plan seines Absprungs drehten.

„Hat Ihnen jemand aus dem Ensemble dabei geholfen?"

„Da", nickte Leonid.

„Offensichtlich ein Freund von Ihnen?"

„Ja, ein Freund."

„Und er ist nach Moskau zurückgekehrt?"

„Ja, er ist zurückgereist."

„Warum?"

„Er hatte das Gefühl, daß das richtig sei."

„Wer ist dieser Mann?"

„Ich kann Ihnen seinen Namen nicht verraten."

„Sie können uns vertrauen", versicherte der Beamte.

„Ich habe ihm mein Wort gegeben", wehrte Leonid ab. „Er weiß, daß sein Leben in meiner Hand liegt... aber dort ist es sicher."

„Glauben Sie, daß das KGB ihn finden wird?“ drängte der Agent. „Wir könnten ihm vielleicht helfen.“

„Nein“, antwortete Leonid zuversichtlich, „das KGB wird ihn nicht ausfindig machen.“

Nach den Verhören trafen sich Harmon Marshal vom FBI und William Alan, der Diplomat aus dem Außenministerium, zu einem Gespräch unter vier Augen im Büro des Polizeikommandanten.

„Was habt ihr herausgefunden?“ wollte William Alan wissen. Er setzte sich an den Schreibtisch des Kommandanten und zündete sich eine Zigarette an.

„Nichts Besonderes“, antwortete Marshal. „Leonid war Mitglied des Bundes Junger Kommunisten und eine Art politischer Leiter in der Gruppe. Aber anscheinend nur, weil ihm das für die Karriere nützlich war.“

„Und Valentina?“

„Im großen und ganzen war sie nicht politisch aktiv.“

„Es spräche also nichts dagegen, ihnen Asyl zu gewähren?“

„Nein.“

„In Ordnung. Ich rufe den Außenminister an. Als Grund für ihr Gesuch geben wir den Wunsch nach Religionsfreiheit an. Das geht bestimmt durch.“

„Ehe du in Washington anrufst, laß uns vielleicht noch kurz besprechen, wie das gestern abend überhaupt abgelaufen ist“, bat Marshal.

„Du meinst, wie die offizielle Version lauten soll?“

„Genau! Flüchtig betrachtet, könnte diese Geschichte unserem Ruf schaden“, erklärte Marshal taktvoll. „Wir wissen beide, daß diese Leute, obwohl sie es sehr gut meinten, völlige Amateure sind. Sie hatten einfach ein Riesenglück bei der ganzen Sache.“

„George Rollins sagte mir, Gott sei auf ihrer Seite gewesen“, erwiderte Alan lächelnd.

„Ich glaube, es ist wichtig, daß wir den äußeren Schein wahren – nicht nur wegen der Arbeitsmoral im FBI, sondern auch wegen der Beziehungen zum KGB und zur sowjetischen Regierung. Wenn das KGB den Eindruck gewinnt, wir hätten das Ganze nicht in der Hand gehabt, könnte sich das in Zukunft sehr negativ auswirken.“

Alan nahm einen Zug von seiner Zigarette. „Ich sehe, worauf du hinauswillst.“ Nachdenklich blies er den Rauch zur Decke. „Wir könnten die Geschichte im sogenannten ‚Interesse der nationalen Sicherheit‘ als geheim erklären.“

„Dafür wäre man dir sehr dankbar“, versicherte Marshal.

„Keiner der Hauptbeteiligten scheint darauf erpicht zu sein, in die Presse zu kommen. Du könntest ihnen vielleicht andeuten, daß das auch im Interesse des Mannes liegt, der in die Sowjetunion zurückgekehrt ist.“

„Ich glaube, das ist ihnen bereits klar.“

„Also gut, jetzt hast du, was du wolltest. Das nächste Mal bin ich an der Reihe.“

An einer Konferenz, an der das Polizeidepartement und der INS vertreten waren, wurde beschlossen, daß die wahre Geschichte im Interesse aller Beteiligten geheimzuhalten sei.

Außenministerium wie FBI boten den beiden Russen an, für die Zeit, in der ihr Gesuch um politisches Asyl behandelt wurde, eine Unterkunft zu besorgen. Das Paar besprach sich kurz. Dann erklärte die sonst eher stille Valentina, daß sie sich bei den Rollins' sehr wohl fühlten. „Wir glauben an Jesus Christus ... wie George und Sascha“, verkündete sie.

13

Schlußakt

Am Dienstag morgen fand im FBI-Gebäude von Los Angeles eine Zusammenkunft statt. Anwesend waren Leonid Koslow und seine Frau Valentina sowie verschiedene hohe Diplomaten vom sowjetischen Konsulat in San Francisco.

Man traf sich in einem Konferenzzimmer im vierten Stock. Leonid und Valentina wurden von Harmon Marshal vom FBI und einem jungen Agenten, der russisch sprach, sowie vom Direktor des INS in Los Angeles begleitet.

„Sie werden es sofort auf die psychologische Tour versuchen und ein vertrauliches Gespräch mit euch beginnen“, warnte der junge FBI-Agent Leonid und Valentina vor dem Konferenzraum. „Denkt daran, sie wollen euch einreden, daß ihr euch einsam und verloren fühlt. Sie werden euch anbieten, euch wieder nach Hause zu bringen.“

„Wir sind ja zu Hause“, antwortete Leonid überzeugt.

Ein gutaussehender, schwarzhaariger Mann in einem dunklen Anzug stand sofort auf, als Leonid und Valentina ins Zimmer traten. Er war KGB-Beamter und Vertreter des sowjetischen Konsulats in San Francisco.

„Meine lieben Freunde!“ rief er auf russisch. „Was für eine Erleichterung, euch zu sehen. Seid ihr wohlauf?“

Leonid und Valentina setzten sich an den langen, blankpolierten Tisch. Zwei weitere Sowjets, eine streng blickende Frau mit blaugrauem Haar und ein untersetzter Mann, saßen bereits am anderen Ende.

Valentina klammerte sich am Arm ihres Mannes fest und weigerte sich, mehr als einen kurzen Blick auf die anderen zu werfen.

„Es geht uns gut", versicherte Leonid.

Der attraktiv wirkende Russe rückte etwas näher zu ihnen hin und sah sie einen Moment lang wortlos an. Valentina blickte weg. Doch Leonid forderte den Mann mit einem Blick heraus, der deutliche Entschlossenheit zeigte.

„Ich bin ein Abgesandter des sowjetischen Konsulats in San Francisco", begann der Russe. „Ich möchte euch einfach sagen, daß sich eure Genossen vom Bolschoi große Sorgen um euch machen. Sie, und auch die russische Regierung, wissen, daß das, was geschehen ist, nicht euer Fehler ist."

„Wir haben uns für diesen Weg entschieden", widersprach Leonid.

„Leonid, hören Sie zu", bat der Russe mit leiser Stimme und beugte sich über den Tisch. „Sie sind ein wunderbarer, talentierter Künstler. Sie und Ihre reizende Frau sind der Stolz des russischen Volkes. Wir bewundern euch. Ihr seid Bolschoi. Ich bin hier, um euch nach Hause zu bringen. Ich weiß, daß es eine einfache Erklärung für all das Geschehene gibt, und ich bin von höchster Stelle bevollmächtigt, euch zu versichern, daß wir alles vergessen werden. Wir verlangen nicht mal eine Erklärung.

Eure Familien, eure Freunde, fast niemand weiß etwas. Es ist ja noch gar nicht viel Zeit verstrichen seit vorgestern abend."

Leonid und Valentina wechselten einen Blick und standen auf. Der KGB-Beamte lächelte ihnen warmherzig zu und streckte ihnen seine offene Hand entgegen. „Kommt heim, kommt mit mir."

„Nein", antwortete Leonid. „Wir bleiben. Vielleicht muß ich hier einen Gemüsewagen fahren... aber hier kann man wenigstens glauben, was man will."

George und Sascha warteten mit Kirk Harper und Steve Tilden in einem kleinen Büro im selben Gebäude. Die Zeit erschien ihnen schrecklich lang. Sie alle wußten, welchen Druck die Sowjets ausüben konnten und sicher auch taten.

Kirk ging unruhig auf und ab. „Ich versteh' nicht, warum sie überhaupt mit diesen Roten reden mußten."

„Sie mußten nicht", erklärte George, „sie wollten."

„Das leuchtet mir noch weniger ein", erwiderte Kirk.

„Ich glaube, daß es für Leonid und Valentina wichtig ist“, verteidigte sie Tilden.

„Ach, du willst dich bei den Roten auskennen!“ Kirk war ungehalten. Er wandte sich an George und Sascha. „Dabei hat er die beiden aus Fort Wayne glatt für Russen gehalten...“

„Warum glaubst du, daß es für sie wichtig ist, Steve?“ fragte Sascha.

„Vorgestern abend im ‚Shrine‘, da mußten sie rennen. Wegen dem KGB hatten sie gar keine andere Wahl. Aber jetzt ist es anders. Ich glaube, es ist wichtig für sie, den Sowjets noch einmal gegenüberstehen zu können, um ihnen zu zeigen, daß sie keine Angst haben... und, vielleicht noch wichtiger, zu erklären warum.“

In diesem Moment ging die Tür auf, und Leonid und Valentina kamen herein. Sie strahlten. Leonid hob die Hände zum Zeichen des Sieges. Jetzt redeten und lachten alle durcheinander.

Mit seinem holperigen Englisch sagte Leonid: „Ich danke Gott für Amerika... Gott segne die Freiheit!“

14

Und die Presse?

Die Schlagzeilen in der Dienstagsausgabe der „Los Angeles Times“ lauteten: „WIEDER ZWEI RUSSISCHE KÜNSTLER ÜBERGELAUFEN“. Die Nachricht verbreitete sich nicht nur in Los Angeles, sondern in den ganzen Vereinigten Staaten und der übrigen freien Welt in Windeseile. Obwohl das Außenministerium von allen Seiten bestürmt wurde, gab es lediglich eine kurze Erklärung heraus, die nur einige wenige Einzelheiten enthüllte. Die Presse witterte jedoch eine Story und setzte ihre Spürhunde auf die Fährte.

George und Sascha beherbergten weiter ihre neuen russischen Freunde, während sich die Kriminalpolizisten Steve Tilden und Kirk Harper wieder um die Verbrechen in der Stadt mit dem schönen Namen Los Angeles, „Die Engel“, kümmerten. Keinem von ihnen lag daran, ins Rampenlicht zu treten.

Am Mittwoch morgen klopfte ein Reporter des CBS-Nachrichtenmagazins an Georges Tür. Wie sein Vorgänger von der Senderkette ABC mußte er ohne Informationen wieder abziehen. Auch den Journalisten des „National Enquirer“, von „Newsweek“ und dem „People“-Magazin erging es nicht besser. Das russische Paar sei nicht mehr bei ihnen im Haus, erklärte Sascha, und sie selbst wolle auch keine Auskünfte geben.

Das entsprach der Wahrheit. Das Tänzerpaar befand sich wirklich nicht im Haus der Rollins'. Zumindest nicht im Moment. Als disziplinierte Bolschoitänzer mußten Leonid und Valentina üben und trainieren, und vor allem mußten sie tanzen. Der Direktor der Acadia-High-School, die nur vier Straßen vom Haus der Rollins' entfernt lag, war Diakon in Georges Gemeinde und sofort bereit gewesen, die Turnhalle seiner Schule für die zwei Stunden täglichen Trainings, welche die Koslows brauchten, zur Verfügung zu stellen. Mehrere Lehrer, ein schwarzer Hausmeister und ein Schulbusfahrer bildeten zusammen mit George und Sascha Rollins das Publikum der ersten Vorstellung in Freiheit.

Es war bereits Abend, und Steve Tilden räumte gerade seinen Schreibtisch auf, als das Telefon klingelte. „Wilshire Kriminalpolizei, Tilden", meldete er sich.

„Mr. Tilden", säuselte eine Frauenstimme. „Hier ist Bonnie Simmons. Ich bin damit beauftragt, Gäste für unsere ‚Merv Griffin Show' einzuladen. Wir würden uns sehr freuen, wenn Sie heute abend dabeisein könnten."

„Heute abend?" fragte Steve zurück.

„Ja, heute abend. Aber keine Sorge. Ein Chauffeur von uns würde Sie mit dem Wagen abholen. Wir würden uns freuen, wenn Sie mit uns essen könnten. Robert Redford und Kenny Rogers sind heute abend auch als Gäste im Studio."

„Kenny Rogers!" rief Steve. Er war beeindruckt. „Da soll ich wohl mein Banjo mitbringen und ihn ein wenig begleiten?"

Einen Moment war es still in der Leitung. Dann fragte die Frau vorsichtig: „Sie machen sich wohl über mich lustig?"

„Sie meinen, Sie rufen nicht deswegen an?" Steve tat überrascht.

„Ich rufe Sie an, weil Sie den beiden Überläufern geholfen haben."

„Tut mir leid", antwortete Steve jetzt. „Aber beim ersten Rendezvous spreche ich nie über solche Sachen." Er legte auf und ging aus dem Büro.

Als Kirk Harper heimkam, stand seine Frau ganz aufgeregt am Telefon. „Kirk!" rief sie und legte die Hand über die Sprechmuschel. „Das ‚Time Magazine' ist dran. Sie möchten dich einen Augenblick sprechen."

„Tut mir leid, Schatz", winkte Kirk ab und ging aus dem Zimmer, „sag ihnen, ich sei unterwegs nach Afrika, um Waisenkindern zu helfen."

Am frühen Donnerstag morgen, in der Stadt war noch alles ruhig, startete George Rollins seinen Gemüselastwagen. Ein wohlhabender russischer Immigrant aus Washington hatte Leonid und Valentina Flugbilletts geschickt. Er wollte ihnen helfen, im Westen eine neue Karriere zu beginnen. Darum würden sie Los Angeles am frühen Morgen verlassen.

Sascha verabschiedete sich an der Haustür von den beiden. Sie umarmten sich mit Tränen in den Augen. Sie wechselten noch ein paar unbeholfene Worte, die doch nicht ihre wirklichen Gefühle ausdrücken konnten, und dann waren Leonid und Valentina fort.

Beim Flughafen hielt George mit seinem alten Lastwagen vor dem Terminal der United Airlines. Er half Valentina aus dem Wagen, während Leonid das Gepäck auslud.

„Also", sagte er zu Leonid und streckte ihm die Hand hin. Doch Leonid übersah die Hand, er ging auf George zu, nahm ihn in die Arme und küßte ihn. „Auf Wiedersehen, George!" Dann umarmte ihn auch Valentina. „Gott segne dich!" flüsterte sie, während ihr eine Träne die Wange hinunterrollte.

George sah ihnen nach, bis sie in der Menschenmenge verschwunden waren. Dann ging er zu seinem Lastwagen zurück.

Die große, silbrige DC-10 war schon auf fast zweitausend Meter Höhe, als sie über Los Angeles abdrehte, um auf direktem Weg nach Washington zu fliegen. Die Autobahnen, wie immer im Morgenverkehr vollgestopft mit Fahrzeugen, sahen von oben nur noch wie lange dünne Bänder aus. Am Fenster drückten sich zwei Menschen die Nasen platt, denn obwohl sie schon oft geflogen waren, sahen sie ihr neues Heimatland nun zum ersten Mal von oben. Natürlich konnten sie den alten Lastwagen, der auf dem Harbor-Freeway nordwärts fuhr, nicht erkennen – aber Gott sah ihn.

Epilog

Dies ist eine wahre Geschichte. Lediglich einige Namen und Ortsangaben wurden geändert, um die Privatsphäre der Beteiligten und, in manchen Fällen, sogar ihr Leben zu schützen. George und Sascha Rollins wie auch die Kriminalisten Kirk Harper und Steve Tilden suchten damals nicht das Rampenlicht der Öffentlichkeit – und sie tun es auch heute noch nicht. Sie sind jedoch, da wird mir sicher jeder zustimmen, Helden im wahrsten Sinne des Wortes.

Als ich in Los Angeles Polizeibeamter war, arbeitete ich des öfteren mit Steve Tilden zusammen. Durch ihn erfuhr ich von der Geschichte, nur wenige Stunden, nachdem sich alles ereignet hatte.

Als Freunde der Familie Rollins waren meine Frau und ich am Morgen nach dem Vorfall im „Shrine“ bei George und Sascha. Es war faszinierend, ihren Bericht zu hören und Leonid und Valentina kennenzulernen.

Die Freiheit hat ihren Preis. Das wissen wir alle. Doch es sind oft nur wenige, die mit ihrer Tapferkeit den Preis für viele bezahlen. Auch ich vergesse schnell, wie so viele andere, daß die Freiheit, von der ich täglich lebe, nicht immer selbstverständlich war und keinen Bestand haben kann, wenn wir sie nicht schützen.

George Rollins weiß darum. Und auch Leonid und Valentina Koslow haben es erfahren. Wo immer sie sich aufhalten, sie leben jetzt in Freiheit. Und so soll es bleiben, solange wir wie Leonid unsere Hände heben und sagen können: „Gott segne die Freiheit!“

Acht Jahre vergingen, bis das Bolschoiballett bereit war, zu einer neuen Tournee nach Amerika aufzubrechen. Im Sommer 1987 besuchte es New York, Washington, San Francisco und auch Los Angeles. Der künstlerische Leiter hieß noch immer Juri Grigorowitsch, doch – bis auf einige wenige Teilnehmer der Tournee von 1979 – präsentierte er ein neues Ensemble.

Spannend und authentisch:

Rhona Prime

Der Spion, den ich liebe

Eines Tages sagte mein Mann: „Ich bin es, den sie suchen..."
160 Seiten, ABCteam-Paperback Nr. 362

„Der 44 Jahre alte Geoffrey Prime, der von 1967 bis 1981 als britischer Abhör-Spezialist... Staatsgeheimnisse an die Sowjets verriet, ist in London zu 38 Jahren Gefängnis verurteilt worden...
Prime blieb unbewegt, als er das Urteil hörte. Seine Frau Rhona jedoch brach im Gerichtssaal weinend zusammen, als ihr Mann abgeführt wurde." (dpa-Meldung, Nov. 82)

Das ehrliche und spannend geschriebene Buch von Rhona Prime, der tapferen Ehefrau des Superspions, ist zugleich ein sehr persönlich gehaltener Bericht.

Rhona Prime hat keine Ahnung von dem Doppelleben ihres Mannes, als die Polizei plötzlich Nachforschungen über ihn anstellt. Und eines Abends muß sie aus seinem Munde die schrecklichen Bekenntnisse hören. Dem Schock dieser Enthüllungen folgt der Alptraum der Verhaftung, der Gerichtsverhandlung und schweren Bestrafung ihres geliebten Mannes. In der Zeit tiefster Niedergeschlagenheit macht Rhona jedoch Erfahrungen, mit denen sie nie gerechnet hätte.

Brunnen-Verlag · Basel und Gießen

Michele Guinness

Ich fand den Messias!

Eine Jüdin wird Christ
156 Seiten, ABCteam-Paperback Nr. 368

Als Michele im Hebräischunterricht ihren Rabbi arglos fragte: „Bitte, wer war Jesus Christus?", wurde es totenstill im Raum. „Niemals", tobte der Rabbi, „niemals will ich diesen Namen je wieder aus dem Mund eines jüdischen Mädchens hören!"

Was war der Sinn all ihrer jüdischen Gesetze und Traditionen? Was bedeutet es eigentlich, zum „auserwählten" Volk zu gehören? Ja, wer war Gott überhaupt? Micheles Fragen bleiben unbeantwortet, bis ihre Mitschülerin Mary sie eines Tages in eine christliche Jugendgruppe einlädt. Sie erkennt: Christus ist die Erfüllung des Gesetzes, er ist der Messias!

Für Michele beginnt ein zermürbendes Doppelleben. Und als sie daheim offen bekennt: „Ich habe mich taufen lassen", ist die Antwort kurz und bündig: „Komm nie mehr nach Hause. Du bist nicht mehr unsere Tochter."

Auf lebendige und trotz aller Härten humorvolle Weise erzählt Michele Guinness hier ihre Lebensgeschichte und berichtet auch von ihrer Erfahrung mit der Kirche, zu der sie eine ganz besondere Beziehung findet: Ihr Mann ist schließlich Pfarrer!

Brunnen-Verlag · Basel und Gießen

Brian Sibley

Späte Liebe

C. S. Lewis und Joy Davidman
186 Seiten, ABCteam-Geschenkband Nr. 544

C.S. Lewis gehört zu den bedeutendsten christlichen Denkern und Schriftstellern unseres Jahrhunderts. Seine Bücher erreichten weltweit Millionenauflagen. Nicht minder bemerkenswert ist die Person C.S. Lewis selbst. Junggeselle aus Überzeugung, lebt er das wohlgeordnete Leben eines angesehenen Gelehrten, in das unerwartet die Amerikanerin Joy Davidman einbricht: Jüdin, Ex-Kommunistin und bekehrte Christin. Im Alter von 58 Jahren schließt Lewis mit ihr den Bund der Ehe – in einem Krankenzimmer. Denn Joy hat Krebs und nicht mehr lange zu leben.

Dies ist nicht nur die Geschichte einer ungewöhnlichen Liebe, sondern auch eine glaubhafte christliche Antwort auf die Frage nach dem Sinn des Leides und nach seiner Bewältigung. „Späte Liebe", eine brillant und einfühlsam geschriebene Biographie, deren Verfilmung international mehrfach preisgekrönt wurde.

Brunnen-Bücher helfen leben:

Don Baker
Emery Nester

Zurück ins Leben

Die Geschichte einer Depression
176 Seiten, ABCteam-Paperback Nr. 374

„Die Station 7E war mir wohlvertraut… Sie war typisch für eine Abteilung einer psychiatrischen Klinik. Wie oft war ich schon an solchen Orten gewesen und hatte Menschen besucht, die an psychischen Störungen litten… Und jedesmal hatte ich mich dabei unwohl gefühlt. Diesmal jedoch empfand ich nackte Furcht… Denn wieder einmal wurde ich durch die stillen Gänge der Station 7E geführt; doch dieses Mal nicht als Pastor – sondern als Patient."

So beginnt der sehr persönliche Bericht über eine lange, schwere Depression. Die dumpfe Grübelei, die langsame Isolation, der Zusammenbruch, die Einweisung ins Krankenhaus, die Ängste und Selbstanklagen und die Sehnsucht nach dem fernen Gott – Don Baker berichtet, offen, ehrlich, sachlich. In zahllosen Gesprächen mit Emery Nester, Freund, Pastor wie er und außerdem Psychologe, tastet er sich für Schritt durch seine Dunkelheit. Bis er eines Tages wieder herausfindet – zurück ins Leben.

Ein Buch, in dem Depressive sich wiederfinden können. Ein Buch, das ihnen und auch den Menschen um sie her helfen will, Mut zu machen, nicht aufzugeben. Aber auch ein Buch, das über den Einzelfall hinausweist: In einem zweiten Teil erarbeitet Emery Nester einige Grundlagen zum Thema Depression und zeigt Wege der Hilfe.